10
18

12, AVENUE D'ITALIE. PARIS XIIIe

Sur l'auteur

Alex Garland est né à Londres en 1970. Son premier roman, *La Plage*, publié en 1998, marque son entrée fracassante en littérature. Après le *Tesseract*, (Hachette Littérature, 1999), il écrit le scénario du film *28 Jours plus tard* de Danny Boyle, ainsi que celui de *Sunshine* du même réalisateur, en 2007. *Le Coma* marque son grand retour sur la scène littéraire.

ALEX GARLAND

LE COMA

Traduit de l'anglais
par Oristelle BONIS

10
18

« Domaine étranger »

dirigé par Jean-Claude Zylberstein

BELFOND

Titre original :
The Coma
publié par Faber and Faber, Londres.

ISBN 978-2-264-04398-6

LE COMA

Avant que le téléphone sonne, il n'y avait dans mon bureau d'autre bruit que le grattement de mon stylo sur les papiers que j'étais en train de signer, d'annoter dans les marges, y portant corrections et modifications.

J'ai appuyé sur le bouton pour avoir la ligne.

« Carl à l'appareil.

— Carl.

— Catherine ! Il y a des heures que j'aurais dû vous dire de partir… »

Elle m'a interrompu. « Je suis chez moi. Je suis rentrée, j'ai été au cinéma, j'ai mangé une pizza et j'ai regardé la fin du dernier journal. »

11 : 42, affichait la pendule posée sur ma table de travail. J'ai fait pivoter mon fauteuil. La fenêtre du bureau allait du plancher au plafond. Derrière le panneau de verre, je voyais la ville étincelante, le ciel nocturne. Pas d'étoiles ; la couche de nuages bas répandait dans le ciel une lueur presque rouge.

Catherine parlait toujours. « J'appelle parce que le dernier métro passe dans vingt-cinq minutes. »

Dans la station de métro, je me suis replongé dans mes papiers. J'inscrivais d'autres notes en marge – et le stylo dérapait parce que les feuilles cédaient sous la pression de la pointe. L'écho d'un rire venu de je ne sais où ricochait sur les murs carrelés, le long des couloirs. Il s'est éteint au moment où je levais les yeux, mais à part moi il n'y avait personne sur le quai. Ce rire, pourtant, m'avait un peu ébranlé. Un éclat sans joie, prédateur.

J'ai rangé mes papiers – les feuilles volantes que je tenais dans les mains me faisaient sentir vulnérable. Alors que je refermais ma sacoche, bloquais le fermoir en cuivre fatigué, l'air de la station fut comme happé par la rame qui approchait.

Nous n'étions que deux dans la voiture où je suis monté : moi et une fille d'à peine vingt ans, assise à l'autre bout, en train de lire un livre.

Juste avant que les portes se ferment, j'ai à nouveau entendu le rire. Plus proche que la première fois, plus distinct. Mais le quai était toujours vide – pour autant que j'aie pu en juger en regardant de part et d'autre par-dessus mon épaule, en me penchant, tête en arrière, vers le carreau pour élargir mon angle de vue. Puis les portes se sont refermées et le métro a démarré avec une petite secousse. Je me suis tourné vers la fille. Elle était toujours absorbée dans son roman.

Je fixais mon reflet dans la vitre d'en face, j'observais ma tête bercée par le mouvement de la voiture.

Quand le métro a atteint sa vitesse maximale, quelque chose a surgi à la périphérie de mon champ de vision. Une ombre dans une zone claire. Jetant un regard dans cette direction, j'ai vu les visages de quatre jeunes gens apparaître derrière l'épais carreau sale de la porte de communication entre les voitures. Leurs têtes se pressaient dans le cadre vitré.

Peu après, la porte s'est ouverte. Tout a pris un relief étonnamment sonore lorsque les hommes sont passés de leur voiture à la mienne. Le martèlement des roues sur les rails, le bruit de succion des parois du tunnel qui défilaient à toute allure.

Les jeunes gens se sont pressés autour de la fille comme ils s'étaient pressés derrière le carreau. Ils se penchaient sur elle en se tenant aux poignées, la dissimulant à ma vue.

L'un d'eux s'est baissé pour attraper le sac qu'elle avait posé par terre, entre ses jambes. Il y a eu une sorte de bagarre dont il m'a semblé que la fille sortait provisoirement victorieuse. Elle a pris son sac par la bandoulière et, se levant, elle a obligé les hommes à s'écarter. J'avais suivi presque toute la scène du coin de l'œil.

La fille a parcouru toute la longueur de la voiture pour venir me rejoindre et s'installer précisément à la place où elle bloquait mon reflet dans la vitre d'en face. Je la trouvais d'un courage étonnant. Je crois que c'est parce qu'elle tenait toujours son livre à la main, un doigt entre les pages pour marquer l'endroit où elle en était.

« Excusez-moi, a-t-elle dit. Ça ne vous dérange pas que je m'assoie ici ? »

J'ai fait non de la tête et j'ai soutenu son regard en espérant que le mien lui paraîtrait rassurant. Je n'avais pas besoin de regarder de côté pour savoir que les autres l'avaient suivie. Je me suis demandé ce qui allait se passer.

Les jeunes gens ont surgi. L'un d'eux a tiré de nouveau sur le sac de la fille ; le même ou un autre l'a saisie par le poignet et lui a tordu le bras pour l'obliger à lâcher la bandoulière ; elle a crié.

J'étais un peu dépassé par la situation. Je ne savais pas quoi faire.

Je me suis levé, une main en l'air. J'ai dit : « Hé ! »

Quand j'étais petit, un jour, je suis tombé à la renverse d'une haute balançoire, et dans la chute ma nuque a violemment heurté le sol. Au moment où cet accident survenait, je le contemplais de loin, dans la perspective des branches de l'arbre auquel la balançoire était accrochée.

Cette fois, derrière les vitres du métro, comme si j'étais suspendu entre leur face extérieure et les parois du tunnel, je me suis vu marcher à reculons dans la voiture, les bras levés pour me protéger le visage et le haut du corps. Les jeunes s'en prenaient à moi. Une bonne partie de leurs coups semblaient inoffensifs, comme s'ils me glissaient sur la tête, les épaules, et certains ne m'atteignaient même pas. D'autres, en revanche, ne rataient pas leur cible.

Mes mouvements étaient lents et mal coordonnés. Une ou deux fois j'ai agité les mains devant moi pour tenir ces hommes à distance, mais le geste n'avait pas l'air plus violent que si je chassais une mouche. Puis mes jambes ont cédé et je suis tombé sur le dos contre les sièges avant de m'affaler par terre. De mon poste d'observation à l'extérieur de la voiture, j'ai regardé les jeunes gens me frapper à coups de pied jusqu'à ce que je perde connaissance.

1

Toujours dans cette position de spectateur distant, je suis resté auprès de mon corps inconscient. L'observation n'était pas continue – je me voyais au travers d'une succession de clichés passant au ralenti que plusieurs heures, des jours peut-être, devaient séparer les uns des autres.

Dans la première image, et la plus fugitive, je me vois à l'arrière d'une ambulance. Ma chemise ouverte est tachée de sang, un masque à oxygène me couvre le visage.

Dans l'image suivante, je suis couché sur un lit d'hôpital, dans ce qui, j'imagine, est une unité de soins intensifs. Je suis toujours sous un masque à oxygène ; j'ai la tête et le torse bandés ; je suis relié à des machines. Catherine, ma secrétaire, est assise à côté du lit ; elle pleure. Un médecin est debout derrière elle. Il tend le bras, comme s'il voulait la réconforter, mais il semble impuissant à couvrir les quelques centimètres qui lui manquent pour aller au bout de son geste, et ses doigts, tels ceux d'un médium guérisseur, restent en suspens au-dessus de l'épaule de Catherine.

Dans une autre image, j'ai été transféré de la salle commune à une chambre individuelle et la jeune fille de la voiture du métro s'y trouve avec moi. Un bouquet de chrysanthèmes et une carte postale dans les mains, elle a l'air mal à l'aise. Elle passe plus de temps à contempler ses fleurs que mon visage, débarrassé de ses bandages, à présent, exposé avec ses meurtrissures mais paisiblement endormi. La jeune fille reste près de moi un court instant. De temps en temps ses lèvres bougent mais je ne sais pas ce qu'elle dit. Elle finit par poser les fleurs dans un vase et la carte à côté, sur ma table de nuit, et elle s'en va.

Dans la dernière image, un homme – un infirmier, je crois – est assis sur mon lit et il me parle, et tout en parlant il me dévisage avec beaucoup d'intensité. Là non plus, je n'entends pas ce qu'il dit, mais je déduis de son attitude et de ses mimiques qu'il s'exprime de manière très directe. Je suppose qu'il essaye de me réveiller.

L'infirmier était toujours à mon côté quand je me suis enfin éveillé. De retour dans mon corps, j'ai ouvert les yeux non sans mal, en arquant les sourcils pour séparer les paupières, les obliger à s'ouvrir et faire craquer la croûte du sommeil. On me passait sur la figure un linge humide ou une éponge. Quand j'ai demandé à boire, l'infirmier a appuyé sur mes lèvres le rebord d'un verre. J'ai eu l'impression, en avalant, que j'arrivais à suivre précisément le trajet de l'eau le long de ma gorge. Je l'ai sentie former au fond de mon estomac une flaque dont la surface s'est mise à onduler quand j'ai changé de position.

« Alors, je suis vivant, ai-je dit pour finir.

— Oui, a confirmé l'infirmier.

— Je suis gravement blessé ?

— Vous récupérez.

— Bon, ai-je dit. C'est bon d'entendre ça. »

2

À quelque temps de là, assis dans un fauteuil roulant, j'ai eu un entretien avec deux policiers. Le plus âgé des deux était aussi le plus bavard. Il voulait savoir si avant l'agression j'avais levé la main sur les jeunes gens ou les avais attaqués d'une façon ou d'une autre.

« Absolument pas, ai-je répondu. Je veux dire, j'ai essayé de les empêcher de voler le sac de la jeune fille, mais je me suis levé, c'est tout. Ils me sont tout de suite tombés dessus. Même si je l'avais voulu je n'aurais pas eu le temps de les frapper. »

Le plus âgé des policiers a hoché la tête. « Cela confirme les déclarations de notre témoin.

— Elle a été blessée ? La jeune fille ?

— Non.

— J'avais peur qu'ils ne l'aient violée.

— Ils ne l'ont pas touchée. Ils lui ont pris son sac, mais nous l'avons récupéré quand nous les avons arrêtés.

— Vous les avez attrapés ? »

Mon étonnement devait être perceptible, car le plus jeune sembla s'en offusquer.

« Ça nous arrive, quelquefois, d'attraper les gens, a-t-il déclaré sur un ton où pointait l'énervement.

— Lorsqu'ils sont descendus à la station suivante, a repris le plus âgé, ils avaient été filmés à cinq reprises par le système de surveillance avant même d'arriver dans la rue. En fait, nous avons réussi à en suivre deux à la trace jusque chez eux, grâce aux enregistrements vidéo. Ils ne s'en tireront pas comme ça, vous pouvez y compter.

— Et ma sacoche ? ai-je demandé. J'avais une sacoche. Elle aussi vous l'avez récupérée ? »

Le policier le plus âgé a froncé les sourcils. « Une sacoche ?

— Oui. Avec un fermoir en cuivre. Il y avait des papiers dedans. »

Le plus jeune feuilletait son carnet afin de vérifier. « Il n'est fait mention nulle part de la présence d'une sacoche avec un fermoir en cuivre, a-t-il dit. On ne l'a pas trouvée avec vous, dans la voiture.

— Et je ne me souviens pas avoir vu un de ces gars avec un second sac, sur les bandes vidéo, a ajouté le plus âgé. Mais nous allons regarder ça de plus près.

— Il faut que je la retrouve, c'est très important. J'en ai besoin pour mon travail.

— Pour le moment, vous ne devriez pas vous en faire pour votre travail, a dit le plus âgé.

— Mais vous allez essayer de la récupérer, n'est-ce pas ? Il y avait mon portefeuille, à l'intérieur, et des tas de papiers et…

— Si je peux me permettre, m'a coupé le plus âgé, à mon avis il faut vous vider la tête de tout ce qui concerne le boulot, les papiers. Pour l'instant, ce que vous avez de plus important à faire c'est de vous atteler à guérir. Pour sortir de l'hôpital et rentrer chez vous », a-t-il conclu dans un sourire.

3

J'ai pu sortir le lendemain soir. L'hôpital m'a offert le taxi et de quoi m'habiller. Les vêtements que je portais au moment de l'agression étant tout déchirés et pleins de taches de sang, c'est en pyjama vert et en pantoufles que j'ai monté les marches du perron de ma maison.

J'ai tout de suite compris que j'avais dû rester longtemps inconscient, à l'hôpital, en découvrant le tas de courrier amoncelé derrière la porte d'entrée. J'ai emporté le tout dans le salon et j'ai mis mon répondeur en marche. J'avais trente-quatre messages mais je ne me sentais pas d'attaque pour les écouter, et pas d'attaque non plus pour ouvrir mon courrier. Je ne me sentais même pas d'attaque pour allumer la lumière. Je me suis contenté d'allumer la télévision.

J'ai regardé les informations de dix heures. J'avais raté les titres et l'éditorial. J'ai eu droit à un reportage sur un incendie dans une boîte de nuit et à une querelle entre deux célébrités. La querelle, qui avait lieu devant une salle où l'on projetait la première d'un film, avait été tournée par un spectateur avec une caméra vidéo. Le présentateur supputait que, bien que les célébrités aient failli en venir aux mains, il n'était pas impossible que l'algarade ait été un coup monté pour servir d'opération promotionnelle. Moi, en regardant le présentateur, je me disais que la vérité à l'origine de cette confrontation n'avait franchement pas l'air de l'intéresser, car à plusieurs reprises il m'a semblé qu'il perdait le fil de ce qu'il lisait sur le prompteur – il était incapable d'anticiper la fin d'une phrase ou le début d'une autre. Je soupçonnais aussi que pas plus que moi il ne reconnaissait les deux célébrités.

Comme lui, j'étais incapable de me concentrer. Quand j'ai repris pied, le programme de la télévision était passé à un film en noir et blanc. J'ai éteint le poste et je suis monté me coucher.

La poussière accumulée dans ma chambre me rappela une fois de plus que j'avais dû rester longtemps inconscient, à l'hôpital. Le lit était défait – exactement dans l'état où je l'avais laissé en partant au travail le matin de l'agression. Alors que je tirais péniblement le duvet, la poussière m'a piqué les yeux comme du pollen et je me suis mis à battre convulsivement des cils. Elle m'irritait le nez et le fond de la gorge.

Heureusement, la nuit était assez chaude pour que je pousse le duvet par terre et que j'ouvre la fenêtre afin de laisser l'air frais circuler dans la pièce. Cela fait, j'ai enlevé le pyjama de l'hôpital, j'ai passé un caleçon et je me suis allongé.

Comme je n'avais pas fermé les rideaux, la pièce était éclairée par les réverbères de la rue. Je n'essayais pas vraiment de trouver le sommeil. Pendant le trajet en taxi de l'hôpital à chez moi, j'avais réfléchi avec appréhension au contrecoup psychologique que j'allais probablement essuyer à cause de l'agression. Ce serait, me semblait-il, une fois rentré chez moi que j'en ressentirais les effets, lorsque j'essaierais de reprendre pied dans la normalité après cet épisode aussi anormal que choquant. L'aspect familier du lieu où je vivais induirait une juxtaposition qui ne pouvait pas se produire dans le décor déroutant de l'hôpital. Plus précisément, je crois que c'étaient les cauchemars qui m'inquiétaient – la perspective de revivre l'agression dans un monde onirique où le rêve, peut-être, repasserait indéfiniment en boucle, où l'attaque risquerait d'être encore plus brutale et déplaisante que son double réel.

Pendant le trajet en taxi, j'avais décidé que la façon la plus raisonnable d'aborder ce contrecoup psychologique serait en quelque sorte de rester modeste dans mes attentes. Je ne formerais pas de projets, je ne me fixerais pas d'objectifs – reprendre le travail au bout d'un certain temps, par exemple. Quant au sommeil, je n'essaierais pas de le trouver par tous les moyens, mais s'il venait je ne lui résisterais pas.

Le chauffeur de taxi à qui j'avais un peu parlé au cours du trajet était du même avis.

« Un jour, m'avait-il expliqué, j'ai eu un accident de voiture. Tout le monde dit toujours qu'après un accident de voiture il faut vite se remettre à conduire sinon on se décourage. Pareil si on tombe de cheval. Ou de vélo. Ou d'une échelle. »

Croisant son regard dans le rétroviseur, j'avais acquiescé d'un signe.

« Mais moi je m'y suis pris autrement, avait-il enchaîné. Après mon accident de voiture, quand je suis remonté pour la première fois dans mon taxi, je n'ai même pas allumé le moteur. »

À ce moment-là, nous étions arrêtés à un feu rouge et il parlait tourné vers moi pour donner plus de poids à ses propos : « Je n'ai même pas touché le volant ! » s'était-il exclamé en secouant la tête tandis que le feu passait au vert et que nous repartions. « Ma femme a cru que je devenais fou. Elle était sur le trottoir, elle me regardait. Je n'étais pas fou, non, avait insisté le chauffeur avec un nouveau geste de dénégation. La deuxième fois non plus je n'ai pas mis le moteur en marche ; j'ai juste desserré le frein à main. Comme on habite une rue un peu en pente, le taxi a avancé de cinquante ou soixante centimètres. Pas plus, parce qu'il y avait une voiture garée devant. Ma femme m'a dit que j'étais cinglé. Je veux bien, mais regardez-moi, maintenant. Je conduis comme avant. » Après s'être tu un instant il avait ajouté : « Ce n'est pas plus mal d'y aller doucement. »

4

La chambre avait beau être assez bien éclairée par les réverbères, ce n'est qu'en me retournant sur le côté et en sentant le drap du dessous coller à mon dos que je me suis aperçu que le sang suintait à travers mes bandages. Depuis un moment déjà je me sentais moite, mais j'avais pensé que je transpirais à cause de la chaleur de la nuit. M'asseyant dans le lit, j'ai vu une tache sombre sur les draps, et mes pansements, quand je les ai touchés, étaient trempés. Alarmé, je me suis levé pour aller à la salle de bains et j'ai allumé la lumière.

Dans la glace, je me suis vu emmailloté de rouge. Sans doute avais-je sans m'en apercevoir rouvert plusieurs entailles – des entailles dont j'ignorais l'existence. Je ne savais pas quelle était au juste la nature de mes blessures à la poitrine ; les bandes enroulées autour de mon torse n'avaient pas été changées depuis que j'avais repris connaissance. Avant de voir le sang, j'avais imaginé qu'elles servaient à protéger les ecchymoses dépassant largement des pansements, sur les clavicules et jusqu'au visage.

Là, toutefois, en m'inspectant plus soigneusement dans le miroir, j'ai remarqué que les bleus découverts à l'hôpital s'étaient si bien estompés que je ne savais plus si j'observais en effet une décoloration de la peau ou simplement des ombres projetées par les ampoules halogènes du plafonnier. Ce qui est sûr, c'est que chaque fois que je bougeais la tête et présentais mon corps sous un autre angle, les marques qui ressemblaient à des bleus semblaient changer d'aspect, et que quand je me penchais en arrière pour offrir mon corps à la lumière, ma peau avait l'air absolument intacte.

Entre-temps, le sang qui dégouttait des bandages avait mouillé la taille élastique de mon caleçon. J'ai décidé qu'il fallait les retirer au plus vite afin de vérifier la gravité des blessures. Si elles avaient l'air moches, la seule attitude raisonnable serait de retourner à l'hôpital.

Elles avaient l'air moches. Autrement dit, ce n'était pas beau à voir. J'étais pratiquement peint en rouge, un bloc de couleur massif du haut de la poitrine au nombril. Comme j'ôtais le dernier bout de tissu détrempé et le laissais tomber à mes pieds, j'ai cependant pu vérifier que cette apparence était Dieu merci trompeuse. De fait, je ne distinguais de blessure nulle part – ni plaie, ni coupure, ni écorchure. En un sens, cela ne m'étonnait pas. J'avais souvent entendu dire qu'un saignement peut induire en erreur sur la gravité des blessures. Qui plus est, je me sentais bien ; la tête ne me tournait pas et je ne souffrais pas, je n'avais mal nulle part.

Debout devant le lavabo, j'ai essuyé le sang avec une serviette. La seule chose qui me préoccupait encore était de trouver la source de l'hémorragie et de la soigner correctement – un bout de sparadrap bien appliqué devrait faire l'affaire, me disais-je. Les bandages n'étaient probablement pas assez serrés, ce qui favorisait l'écoulement sanguin.

Une idée m'est venue, soudain. Comme la chute de la balançoire, il s'agissait encore d'un souvenir d'enfance – lié cette fois à la réparation des roues crevées de mon vélo. À l'œil nu, il est impossible de repérer un trou dans le caoutchouc. Les seules options consistent, soit à faire lentement tourner la chambre à air contre son oreille, à l'affût d'un sifflement, soit à la plonger entièrement dans l'eau afin de repérer l'air qui s'échappe sous forme d'un courant de bulles.

N'imaginant pas que j'allais siffler, sûr de toute façon que même une ceinture noire de yoga n'aurait pas été capable de se coller l'oreille sur la poitrine, je me suis fait couler un bain.

À partir d'un point situé sur mon plexus solaire, il s'est formé dans l'eau une minuscule vrille de sang, sorte de corail pâle ou d'anémone de mer. La blessure ne devait pas être plus grosse qu'une tête d'épingle.

Tandis que mes yeux passaient du corail à la flaque de bandages en train de coaguler sur le sol de la salle de bains, puis aux traînées rouges qui maculaient le lavabo et les robinets chromés, j'ai pour la première fois commencé à penser que le contrecoup psychologique risquait d'être plus sérieux que prévu.

5

Je sonnais avec insistance à la porte d'Anthony. Il était bien plus de minuit ; toutes les lumières étaient éteintes, chez lui, de même que chez ses voisins et jusqu'au bout de la rue, aussi loin que portait mon regard. Quand enfin il est venu m'ouvrir, il était en robe de chambre et une touffe de cheveux se dressait à la verticale du côté gauche de sa tête.

« Carl », a-t-il dit. Puis à nouveau : « Carl ! Mon Dieu. Quelle heure est-il ? Tu vas bien ?

— Je crois, ai-je répondu. Plus ou moins. Mais j'ai besoin de te voir.

— Bien sûr, bien sûr. »

Se ressaisissant, Anthony s'est lissé les cheveux et s'est frotté les yeux pour en chasser le sommeil et l'étonnement.

Je l'ai suivi dans la cuisine.

« Excuse-moi de t'avoir réveillé, ai-je dit pendant qu'il remplissait la bouilloire. Est-ce que j'ai réveillé Mary, aussi ? Les enfants ? »

Anthony a haussé les épaules. « Mary doit déjà s'être rendormie. Les enfants… je ne sais pas. Ce n'est pas grave. De toute façon, c'est moi qui te dois des excuses. J'avais l'intention de venir te chercher à l'hôpital, aujourd'hui. Je savais que tu sortais, mais… » Il s'est tourné vers moi. « Voilà…, je ne suis pas venu. Un véritable ami y serait allé.

— Je n'avais pas tellement envie qu'on vienne me chercher. Je voulais rentrer seul, ne pas donner trop d'importance à tout ça. Maintenant, je ne sais plus vraiment. Ce n'était peut-être pas une si bonne idée. »

Adossé au plan de travail, Anthony attendait que je continue. Je m'en suis tenu là, cependant. Je ne voyais pas très bien ce que j'aurais dû ajouter. Comme lui, donc, j'attendais, pendant que la vapeur qui s'échappait de la bouilloire commençait à se condenser sous les éléments de cuisine.

Pour finir, c'est moi qui ai repris la parole : « Si nous attendons assez longtemps, il va se produire quelque chose d'étrange. »

Anthony a froncé les sourcils. « Que veux-tu dire ?

— Simplement… ça. Si nous attendons assez longtemps, il va se produire quelque chose d'étrange. Je soupçonne que je serai le seul à m'en apercevoir. Par conséquent, ce ne sera peut-être étrange que pour moi…

— Étrange ?

— Étrange.

— Dis-moi à quoi tu penses.

— Eh bien, par exemple je ne sais pas comment je suis arrivé ici ce soir.

— … Chez moi ?

— Chez toi, oui. Je n'en ai pas la moindre idée. Je ne me rappelle même pas avoir pris la décision de venir. J'étais chez moi, dans mon bain, et l'instant d'après je me retrouve en train de sonner à ta porte. Dans l'intervalle, rien, si ce n'est… » J'ai secoué la tête dans un geste d'impuissance. « Une transition indéfinissable.

— Une absence ?

— Probablement. C'est l'explication la plus vraisemblable, mais cela étant… *Comment* suis-je arrivé ici ce soir ? ai-je demandé après une courte pause. En voiture ? Est-ce que ma voiture est garée dehors ? »

Anthony a regardé par la fenêtre de la cuisine. « Non, elle n'est pas là.

— À pied, alors ? Il m'aurait fallu au moins quarante minutes. Il n'y a plus de bus, plus de métro. » J'ai fouillé dans mes poches. « Je n'ai pas mon portefeuille, non plus. Je n'ai donc pas pu prendre un taxi. »

L'air un peu déconcerté, ou troublé, Anthony m'observait tandis qu'à nouveau nous laissions le silence retomber. Puis la bouilloire s'est éteinte.

« Nous n'avons pas de lait, ce sera donc un café noir, a dit Anthony. Je suis désolé. »

J'ai agité la main pour lui indiquer que cela ne me paraissait pas important. Ou pas intéressant.

« Non, a repris Anthony d'une voix très ferme, comme pour rectifier cette réponse par trop évasive. C'est vraiment dommage. Du lait frais, du café frais. Il y a des choses faites pour aller ensemble.

— Tu as raison. »

Il a rempli deux grandes tasses, il a mis du sucre sur la table et s'est assis en face de moi.

« Bon. Si nous attendons, d'ici combien de temps ce phénomène étrange va-t-il se produire, à ton avis ?

— Tu le devines sûrement aussi bien que moi.

— Parfait, a répondu Anthony avec un sourire. Dans ce cas, attendons. »

6

Je n'avais pas envie de boire ce café. Il était noir, il avait l'air amer, il était recouvert d'une mince pellicule arc-en-ciel. Il s'agissait je pense d'un résidu de détergent. Le liquide en devenait légèrement irisé, comme le dos d'un scarabée ou une nappe de pétrole.

Le lait n'y aurait rien changé. Lait ou sombre irisation mis à part, le café ne me disait rien car cet arôme ne me plaît pas et pour tout dire m'a toujours déplu. Pour commencer, je trouvais passablement irritant qu'Anthony m'en ait offert, car compte tenu de notre amitié j'estimais que mon aversion pour le café n'aurait pas dû lui échapper.

Plus j'y pensais, plus le café prenait une dimension singulière. À force de fixer la tasse indésirable, l'idée m'est soudain venue que c'était peut-être ça – la tasse indésirable – la chose étrange dont j'avais prédit la venue. L'étrange *s'était* déjà produit. Il était en train de se produire au moment même où j'énonçais la prédiction.

Une idée intéressante mais décevante, aussi ; je l'espérais plus spectaculaire, le phénomène étrange. Aussi spectaculaire que des bandages et des draps ensanglantés. En comparaison, je trouvais que pour illustrer un événement sortant de l'ordinaire, c'était pécher par excès de subtilité que préparer du café et m'en servir. Pire, toute tentative de ma part pour communiquer l'étrangeté de la chose à Anthony risquait de lui donner l'impression que j'étais bien trop exalté – bien trop passionné par l'analyse d'une boisson chaude. Dans ces conditions, tout ce qui risquait de lui paraître étrange, ce serait moi.

En temps voulu, Anthony m'a demandé : « Tu ne bois pas ton café ? »

Cessant de fixer la tasse, j'ai levé les yeux vers lui.

7

« Oh ! » me suis-je exclamé.

Derrière Anthony, les façades de l'autre côté de la rue étaient sombres, à contre-jour d'un soleil encore trop bas pour apparaître au-dessus des toits. Mais le ciel était bleu pâle et la lumière entrait à flots dans la cuisine. Les oiseaux chantaient.

« Voilà ! ai-je dit en me penchant en avant sur la table. Voilà ! C'est de ça que je parle ! »

Anthony m'a dévisagé. « Qu'est-ce que tu racontes ?

— Que suis-je… ? » Sans achever, j'ai repoussé ma chaise pour aller me mettre à la fenêtre. « *L'aube*, regarde ! La lumière entre à flots dans la cuisine. Il y a un camion de laitier dans la rue.

— Oui, le jour se lève, je sais.

— C'était donc ça ! Le voilà, le phénomène étrange ! Il y a un moment il faisait noir, on était au beau milieu de la nuit, je regardais le café, et maintenant…

— Une minute, m'a coupé Anthony. Tu dis que le laitier est là, dehors ?

— Oui !

— Excuse-moi, Carl. » Se levant précipitamment, Anthony a quitté la pièce en hâte. « Il faut que je l'attrape avant qu'il ne s'en aille », a-t-il lancé du couloir.

Quelques instant plus tard, planté devant la fenêtre, je suivais des yeux Anthony qui, en robe de chambre, courait à petites foulées sur la pelouse en brandissant en l'air un billet de vingt livres comme s'il tenait la flamme olympique.

Un affreux sentiment de désespoir m'a soudain envahi.

Je connaissais ce sentiment. Quand j'étais petit, vers cinq ou six ans, sous l'effet de la fièvre je faisais des rêves très prenants. C'était toujours une histoire de proportions

– dans un paysage de couleur beige, je succombais à une sensation d'immensité stupéfiante ou d'insupportable petitesse. Autrement dit, dans ce paysage j'étais moi-même tout petit au milieu d'un espace sans limites, démesuré ; ou immense dans un paysage confiné, étouffant. Parfois ces deux cas de figure existaient simultanément, chose à l'évidence impossible et qui en apparence, pourtant, se produisait.

Le paysage beige était en principe une étendue plate. Sous mes aspects de forme volumineuse, je pouvais être une balle ou une sphère gigantesque, bien plus grosse qu'une planète, qu'un soleil. Mes mains, mes doigts palpaient les angles et les bords durs de cubes, de pyramides, ou encore la surface lisse et ronde d'une autre sphère géante. Tout était représenté selon les lois de la géométrie. Tout changeait sans cesse. Ces états et ces sensations me perturbaient au dernier degré.

Quand aujourd'hui je repense à ces rêves, je les associe rationnellement au lit de mes parents dans lequel on me couchait lorsque j'avais une poussée de fièvre. Je devais dormir à moitié, délirer à moitié peut-être, et l'immensité correspondait probablement à la distance d'un bord à l'autre du matelas. L'enfermement, je l'attribue au lourd duvet qui m'écrasait sous son poids. Les angles durs, les surfaces lisses, c'étaient sans doute le cadre de lit en bois et les draps.

Il est moins facile d'expliquer de manière rationnelle pourquoi ces rêves me perturbaient tant. J'avais certes de la température, ce qui en soi est perturbant, ne serait-ce que parce que c'est physiquement éprouvant. Il y avait autre chose, néanmoins – quelque chose de particulièrement effrayant pour l'imagination d'un enfant de cinq ou six ans. Quand j'étais prisonnier du rêve, la réalité du paysage s'imposait à moi avec force. J'avais surtout le sentiment que ce paysage tout de géométrie, de changements, de proportions impossibles était le *seul* réel ; que tous les autres, y compris celui dans lequel vivaient mes parents et mon frère, étaient des illusions projetées sur les étendues beiges.

« Carl ? »

Je me suis retourné. Debout sur le seuil, Mary portait leur fils, Joshua, dans les bras.

« Salut, Mary.

— Où est Anthony ?

— Dehors, ai-je indiqué avec un geste en direction de la fenêtre. Il est allé payer le laitier.

— Bien. Je le tannais depuis je ne sais combien de temps. » Souriante, Mary est entrée dans la cuisine. « Dis, tu restes pour le petit déjeuner ? m'a-t-elle demandé en inspectant le contenu du frigo, Joshua calé sur sa hanche.

— Je n'en étais pas à penser au petit déjeuner, tu sais. Ce matin m'a en quelque sorte pris par surprise. »

8

Mary me tournait le dos. Debout près de l'évier, elle cassait des œufs dans un bol. À côté d'elle, sur la cuisinière, un sachet entier de bacon et des champignons adipeux grésillaient dans une poêle. Une seconde poêle plus petite contenait du beurre mis à fondre sur le feu.

Je tenais un verre de jus d'orange dans une main. Joshua aussi avait son jus d'orange, dans une tasse de bébé munie d'un couvercle. Assis en face de moi sur une chaise haute, il me fixait de ses grands yeux noirs.

Dehors, Anthony continuait à bavarder avec le laitier. Je les voyais tous les deux à travers la fenêtre, par-dessus l'épaule de Mary ; ils avaient l'air de plaisanter ensemble.

« Mary, ai-je dit en m'appliquant à parler d'une voix calme. Tu as déjà fait une dépression nerveuse ? »

Elle a cessé de battre les œufs pour les verser d'un coup dans la plus petite des poêles. « Brouillés ou en omelette ? a-t-elle demandé. Décide vite, s'il te plaît.

— Brouillés », ai-je répondu quand j'ai compris qu'elle ne parlait pas de mes états d'âme.

Elle s'est mise à tourner le mélange avec une cuiller en bois. « J'ai fait une dépression nerveuse, oui, a-t-elle dit. Il y a des années. J'avais environ vingt-cinq ans.

— Tu t'en souviens bien ?

— À peine. Je me souviens que ça s'est terminé par un séjour à l'hôpital.

— La mienne semble avoir été déclenchée par un séjour à l'hôpital.

— Je vois, a dit Mary. C'est pour cela que tu as débarqué ici en pleine nuit.

— Oui.

— Tu as peur à l'idée de faire une déprime.

— Exactement.

— C'est lié à ton agression ?

— À mon avis oui. Je pense que ça m'a traumatisé. Sur le plan psychologique. » J'ai avalé une gorgée de jus d'orange pendant que Joshua reproduisait le mouvement en miroir, levant la main puis la baissant en même temps que moi. « Depuis que j'ai quitté l'hôpital, j'ai des hallucinations à peu près tout le temps.

— Des hallucinations ? » a répété Mary avec étonnement. Retirant les œufs du feu, elle s'est tournée vers moi. « Tu vois des trucs ?

— Oui.

— Cela paraît vraiment... (elle cherchait le mot) ... excessif.

— Ça l'est, ai-je acquiescé, non sans noter le rapide coup d'œil qu'elle jetait à Joshua. « Je ne suis pas dangereux, me suis-je aussitôt empressé d'ajouter.

— En ce moment, tu hallucines ? »

J'ai haussé les épaules. « Je ne sais pas. Es-tu une hallucination ?

— Pas que je sache.

— Bon. Dans ce cas, si je te crois sur parole, pour l'instant je ne suis pas en train d'halluciner. »

Mary a hoché la tête. « Parle-moi des choses que tu as vues, Carl. »

Je lui ai raconté l'histoire du sang et des bandages, les absences et l'aube soudaine.

Lorsque j'ai eu fini, Mary a réfléchi deux minutes avant de me demander : « Tu te sens déprimé ? » J'ai fait un signe de dénégation. « Les médecins t'ont prescrit un traitement ?

— Non. »

Elle m'a regardé durement, droit dans les yeux, comme si elle était en mesure de voir derrière la confusion qui régnait dans mon esprit. « Écoute, Carl, je ne suis pas spécialiste mais à t'entendre je ne crois pas que tu fasses une dépression nerveuse. Tu n'en donnes d'ailleurs pas l'impression.

— Voilà qui est rassurant. » Mary a ouvert la bouche, mais elle hésitait. « Non ?

— Je n'en sais rien. » Elle a baissé la voix, peut-être dans l'idée que je m'affolerais moins si elle parlait doucement. « T'es-tu demandé si tes hallucinations ne seraient pas, éventuellement, consécutives à un trouble mental ?

— Continue.

— Comme je te le disais, Carl, je ne suis pas spécialiste, mais… sous les coups, tu as perdu connaissance.

— Je le sais, me suis-je impatienté. Où veux-tu en venir ? »

Sa voix s'est faite plus douce encore : « Et si l'atteinte était d'ordre neurologique ? »

Mimant à nouveau mon geste, Joshua s'est posé une main sur la tête.

« … si ton cerveau était touché ? poursuivait Mary.

— Cerveau touché », ai-je repris en écho. Cela semblait tellement évident, tellement plausible que je me demande encore comment je n'y avais pas pensé avant.

« Je suis désolée, disait Mary. Je ne voulais pas être aussi brutale, seulement…

— Mais non, ai-je répondu avec froideur. Ce n'est rien.

— Que vas-tu faire ?

— Je ne sais pas. Il faudrait que je passe un scanner, je suppose…

— Ça me paraîtrait sage, a dit Mary. Il faut au moins que tu voies un médecin.

— Oui. Je devrais même y aller tout de suite. Retourner à l'hôpital.

— Ce serait sans doute le mieux », a approuvé Mary.

9

« Tu pars ? » m'a lancé Anthony alors que je passais devant lui sur la pelouse. Il discutait toujours avec le laitier.

« Oui, ai-je dit. Je vais à l'hôpital. »

J'ai un peu attendu, imaginant qu'Anthony allait proposer de m'emmener. Il m'a seulement adressé un signe d'encouragement.

« Bonne idée, Carl. Écoute, tiens-moi au courant surtout.

— Je n'y manquerai pas, ai-je rétorqué avec humeur. Merci de tout ce que tu fais pour moi. »

Le sarcasme lui aura échappé, ou il a préféré ne pas relever.

Le camion du laitier était garé dans une flaque de lumière matinale, maintenant que le soleil avait dépassé le faîte des toits. Le lait tiédissait. On le sentait à l'odeur qui flottait dans l'air, on le voyait aux gouttelettes de condensation apparues sur le flanc des bouteilles en verre.

À en juger par le ciel bleu sans nuage, la journée s'annonçait belle.

10

J'ai marché cinq bonnes minutes avant de me souvenir que je ne pouvais pas plus prendre le train qu'un taxi car je n'avais pas mon portefeuille sur moi et avais oublié d'emprunter de l'argent à Anthony ou à Mary. J'ai bien envisagé de rebrousser chemin, mais l'attitude blasée d'Anthony vis-à-vis de mon état m'indisposait de plus en plus et il me semblait que nous finirions par nous disputer si je le revoyais dans la matinée. J'ai donc poursuivi à pied. Au plus, estimais-je, il me faudrait une heure pour atteindre l'hôpital, et je comptais mettre ce délai à profit pour réfléchir.

Je m'efforçais de clarifier mes pensées.

Le traumatisme dont je souffrais n'était probablement pas de nature psychologique, ainsi que je l'avais d'abord craint. Plus vraisemblablement, et conformément à l'hypothèse de Mary, je devais avoir une atteinte cérébrale. Dont, quitte à prendre les choses du bon côté, les effets étaient peut-être réversibles. Voire, à certains égards, plus faciles à traiter qu'un traumatisme psychologique – à tout le moins plus évidents. Un caillot sanguin entre mon crâne et mon cerveau, c'était opérable, et quand on aurait supprimé la pression, les fonctions normales se rétabliraient. Dans ces conditions, il était sans doute urgent de retirer le caillot, et en me dirigeant lentement vers l'hôpital je gâchais des minutes essentielles pour me préserver d'une lésion cérébrale définitive, ou, qui sait, sauver ma peau.

Je n'ai pourtant pas accéléré l'allure. Par fatalisme, j'imagine, parce que je penchais tout simplement pour le caractère irréversible de la lésion, auquel cas l'heure à laquelle j'arriverais à l'hôpital ne changerait rien. D'autant que mon état n'était peut-être pas seulement irréversible, mais permanent. Ce qui m'obligeait à me demander comment j'allais réussir à me débrouiller dans la vie, ballotté ainsi d'une hallucination à l'autre.

Pourrais-je garder mon travail si je doutais perpétuellement d'être en pleine nuit ou en plein jour ? Entretenir des relations avec des amis dont je ne m'expliquerais pas le comportement ? Et, me projetant dans l'avenir, parviendrais-je seulement à réaliser les ambitions les plus fondamentales, à fonder un couple, une famille ?

Compte tenu des expériences par lesquelles j'étais passé au cours des douze heures écoulées – si tant est qu'il y en ait bien eu douze –, force m'était de répondre par la négative à toutes ces questions. Impossible de m'imaginer en père si, à l'heure d'aller chercher les enfants à l'école en fin de journée, j'étais incapable de faire la différence entre l'école et une station-service. Peut-être ne serais-je d'ailleurs pas capable de reconnaître mes enfants avec certitude. Alors je devrais rester en faction devant le portail et observer les petits visages en quête de ceux qui me retourneraient mon regard avec une expression familière ou impatiente.

Les conséquences de mon état se multipliaient à foison. Il m'est soudain venu à l'esprit que pour ce que j'en savais, j'avais peut-être déjà une épouse, une famille, et que j'hallucinais une situation où elles n'existaient pas. Je me suis maudit d'avoir laissé mon portefeuille chez moi. J'aurais pu y chercher des photos d'identité ou des dessins d'enfant représentant des maisons avec devant des petits bonshommes et des petites bonnes femmes à l'air réjoui.

En fait, les conséquences se prolongeaient pour ainsi dire à l'infini. Dans la mesure où je ne distinguais pas mes hallucinations de la réalité, il m'était difficile de concevoir une base solide à partir de laquelle me définir. Mon âge n'était peut-être pas du tout celui que je croyais avoir, j'étais peut-être de l'autre sexe. Peut-être qu'au lieu de marcher dans une rue je me trouvais dans un champ ou couché dans une pièce. À cet instant, pendant que je m'acheminais à pas lents vers l'hôpital, j'ai pensé qu'il ne fallait exclure aucune hypothèse. Je pouvais être n'importe quelle forme de vie dotée de conscience.

Une salve de coups de klaxon m'a arraché à mes réflexions.

Anthony et Mary vivaient dans une banlieue bourgeoise faite de maisons, de pelouses et de haies, de fenêtres que leurs treillis en plomb découpaient en losanges – et les habitants de ces maisons entamaient en nombre le trajet vers leurs lieux de travail. L'un de ces banlieusards tentait apparemment d'engager sa voiture dans la rue. Laquelle était bordée de véhicules à l'arrêt, ce qui compliquait et gênait la manœuvre. La circulation était interrompue dans les deux sens.

J'observais l'automobiliste qui avançait d'un demi-mètre, reculait d'autant, avançait à nouveau en se débrouillant chaque fois pour pivoter de quelques centimètres. Et tandis que le vacarme des avertisseurs devenait de plus en plus rageur et diversifié au fur et à mesure que l'embouteillage grossissait, cet homme dut s'y reprendre à cinq, six, sept reprises. Le tohu-bohu devait l'importuner, car il a enchaîné une série de marches avant et de marches arrière sans grande incidence sur la position de l'auto. Ayant enfin trouvé l'espace nécessaire pour redresser, il a passé la première dans un rugissement de moteur. La voiture a décollé dans une embardée pour foncer dans ma direction.

Puis, à ma grande surprise, elle est venue se ranger le long du trottoir dans un crissement de freins, fumant des deux roues avant et déclenchant un nouveau concert de klaxons derrière elle.

La portière côté passager s'est ouverte en grand et le conducteur dont le visage me restait invisible m'a crié de monter.

11

« Vous voulez bien attacher votre ceinture ? » m'a-t-il demandé en écrasant la pédale d'accélérateur.

À peine avais-je saisi la courroie de tissu qu'il braquait à fond pour prendre une rue latérale, me projetant contre la vitre.

« Pardon, a-t-il dit, mais nous sommes pressés. »

Je me suis sanglé le plus vite possible sur mon siège avant qu'il tourne à un autre carrefour à la même allure folle, juste au moment où je réussissais à guider le taquet dans la boucle.

« Vous vous souvenez de moi ? » a repris l'automobiliste.

Je l'ai examiné de biais. Il me présentait son profil. Concentré sur la conduite, il fixait la route devant lui. Ce profil ne m'était pas complètement étranger mais je n'arrivais pas à mettre un nom dessus.

« Non, ai-je dit. Mais ne le prenez pas mal. Étant donné la situation, pour ce que j'en sais vous pourriez être mon frère.

— Je ne suis pas votre frère. »

Il a brutalement freiné pour changer à nouveau de direction et j'ai dû me retenir d'une main au tableau de bord. Cette fois, le virage qu'il venait de prendre sur les chapeaux de roues nous éloignait du quartier résidentiel pour nous propulser sur la bretelle d'accès d'une route à quatre voies.

« Ou ma tante, ai-je ajouté. Vous pourriez être n'importe qui.

— Je ne suis pas non plus votre tante. Je vous ai donné à boire. Je vous ai aidé à vous redresser dans votre lit. »

Je l'ai regardé plus attentivement, et c'est alors que j'ai fait le lien. À cause de l'expression très concentrée qui se lisait sur ses traits – celle-là même que j'avais vue chez l'homme assis à mon chevet, à l'hôpital, qui me parlait pour essayer de me réveiller.

« Je me souviens de vous, en effet. Vous êtes l'infirmier.

— C'est bien cela, a-t-il confirmé. L'infirmier. »

Du coin de l'œil j'observais les cadrans. L'aiguille du compteur de vitesse se déplaçait rapidement vers la droite. Elle a dépassé le quatre-vingt-dix, le cent, le cent vingt.

« Nous sommes vraiment très pressés, ai-je observé. Où allons-nous ?

— À l'hôpital, a répondu l'infirmier en se faufilant sur la voie la plus lente pour doubler toute une série de voitures.

— J'ai du souci à me faire, alors. Mon état va se détériorer.

— Ce n'est pas exclu. »

J'ai hoché la tête. Bravo, le fatalisme insouciant, ai-je pensé dans une petite bouffée de panique à laquelle ne contribuait pas peu l'accélération constante de la voiture qui flirtait à présent avec le cent cinquante.

« Que s'est-il passé ? ai-je demandé en m'efforçant au calme. Anthony ou Mary ont appelé l'hôpital, j'imagine, ils vous ont décrit mon état et vous m'avez localisé pour… »

Il m'a coupé la parole. « Carl, a-t-il dit, je n'ai pas le temps de répondre à vos questions. C'est moi qui dois vous en poser.

— Bien sûr, ai-je opiné. Diagnostic. Allez-y.

— Pouvez-vous me dire quel jour on est ? »

J'ai réfléchi. Mon incapacité à fournir la réponse ne m'étonnait pas vraiment. Quand ma santé était florissante je perdais déjà la trace des jours.

« Non.

— Et l'année ?

— … Non plus.

— Que pouvez-vous me dire de votre métier ? »

À nouveau j'ai pris le temps d'y réfléchir. Cette fois, le vide auquel me confrontait cette question me déconcertait.

« Je travaille sur des papiers…, ai-je commencé d'un ton mal assuré. Je range les papiers dans une sacoche munie d'un fermoir en cuivre. J'ai un bureau dans un immeuble tout en hauteur. Au centre de… de la ville.

— Quelle ville ? »

J'ai regardé par la vitre les tours qui s'élevaient de part et d'autre de la route à quatre voies.

« Je ne connais pas le nom de cette ville », ai-je avoué. Et pour le coup, c'est une bouffée de panique irrépressible qui m'a envahi.

J'avais l'impression de m'être trop longtemps attardé sur la chaussée d'une digue en train de se rompre. Et voilà qu'à présent elle était rompue. L'incessante accélération de la voiture m'en éjectait sur une plume d'eau.

Un long moment durant, je suis resté entièrement sous l'emprise d'une hallucination que je reconnaissais pour telle, tandis que sous mes yeux les voitures que nous croisions se changeaient en blocs de ciment écroulés, la route en croulement d'écume, le bruit du moteur en mugissement de torrent qui m'enveloppait de toutes parts.

12

« Nous y voilà », a dit l'infirmier.

J'ai jeté un coup d'œil alentour. Nous étions à l'arrêt. Nous venions d'arriver à l'hôpital.

« Il est encore temps de me tirer d'affaire ? ai-je demandé.

— Je l'espère, a répondu l'infirmier.

— Merci, ai-je dit d'une voix tremblante. Merci pour votre aide. Merci d'être venu me chercher. »

Il m'a souri. « C'est mon boulot.

— Comment vous appelez-vous ? J'aimerais le savoir. »

Un instant il a gardé le silence. « Puisque vous ne savez pas comment je m'appelle, a-t-il enfin déclaré, je ne peux pas vous dire mon nom. »

Je n'avais pas compris, mais avant que j'aie pu lui demander de s'expliquer il s'est penché sur moi pour ouvrir la portière passager.

« Venez. Il faut y aller. »

1

L'infirmier me guidait à travers l'hôpital, le long de corridors réduits à l'essentiel et d'escaliers aseptisés. Il marchait vite, sans desserrer les dents.

Dans une salle, une radio était branchée sur les haut-parleurs, mais le volume était si bas que les paroles du présentateur restaient inaudibles. Ici, les malades souffraient tous de blessures aux mains. Tous portaient des bandages allant du coude au bout des doigts, leurs bras étaient maintenus en l'air par les câbles auxquels ils étaient attachés.

Dans une autre salle, des tentes en plastique entouraient les lits de tous les patients, comme s'ils étaient en quarantaine. Je distinguais des formes floues derrière les housses. La silhouette d'un homme assis sur un lit. Il nous a suivis des yeux tandis que nous passions.

Enfin l'infirmier s'est arrêté devant une porte à double battant. Service des Comateux, indiquait l'écriteau placé au-dessus. L'infirmier s'est retourné pour m'adresser un petit sourire encourageant. Tout de suite après, nous sommes entrés.

Il y avait au total douze chambres desservies par un unique couloir aveugle – six de chaque côté. Le sol était recouvert d'une moquette. Seules des veilleuses éclairaient le couloir.

« Vous souvenez-vous même vaguement de cet endroit ? a doucement demandé l'infirmier.

— Je crois, ai-je répondu. Un peu. Il m'est… familier.

— Continuez. »

J'ai respiré profondément par le nez. « *L'odeur* est familière. Les fleurs qu'on laisse ici pour les malades. La poussière aussi, ou plutôt… (je me suis soudain rappelé comme les yeux me piquaient, chez moi, quand je m'étais mis au lit) … le pollen. »

Me risquant un peu plus loin, j'ai jeté un coup d'œil par la première porte se trouvant à main droite. La lumière, ai-je remarqué, y était plus vive. La personne qui l'occupait, une femme, reposait couchée sur le côté. Aucune machine, aucun câble n'était branché sur son corps. Il n'y avait rien de dramatique en apparence dans ce spectacle : la femme avait tout simplement l'air endormie.

Au-delà de la porte qui s'ouvrait sur ma gauche, en revanche, le malade adossé à ses oreillers était visiblement éveillé. Cet homme à qui je donnais au jugé une vingtaine d'années avait les yeux ouverts, la bouche ouverte. On aurait dit qu'il inspectait la pièce du regard.

En réponse à l'expression qu'il lisait sur mes traits, l'infirmier a légèrement secoué la tête.

« Les comas de ce genre sont parfois très difficiles pour les proches, a-t-il murmuré.

— Il n'est pas éveillé ?

— Non. »

En regardant plus attentivement, j'ai vu que l'homme promenait sans but ses yeux dans diverses directions. Ces mouvements circulaires et répétitifs n'avaient pas d'objet.

« Il ne voit absolument rien, ai-je constaté.

— Un scanner confirmerait que son activité cérébrale est à peu près inexistante. C'est la grande différence entre lui et elle. » L'infirmier désignait du geste la femme endormie derrière nous, à droite. « Ou vous », a-t-il ajouté en avançant dans le couloir.

Tout au bout, arrivé devant la dernière porte, close, celle-là, il s'est retourné.

« Votre chambre, a-t-il annoncé.

— Parce que je reste ici ?

— Vous restez, oui », a-t-il répondu en me faisant signe d'entrer.

2

Ça se passe comme ça, dans les rêves. L'instant d'avant j'ouvrais la porte de la chambre d'hôpital et aussitôt je me suis vu allongé sur le lit.

J'étais allongé sur le lit. La tête et les épaules couvertes de bleus que je croyais estompés, disparus. Les yeux barbouillés de violet et de jaune, fermés et gonflés, les lèvres fendues. Une minerve me maintenait le cou.

Les fleurs laissées à mon intention sur la table de chevet commençaient à faner. Une des têtes s'était détachée et elle avait dû tomber sur mon oreiller avant de rouler par terre sur le sol. Il y avait une trace de pollen orange à l'endroit où elle avait atterri.

L'instant d'après j'étais allongé sur le lit. Allongé sur le lit, *moi*, et l'infirmier traversait la chambre pour venir me voir.

Il s'est assis sur le bord du matelas.

« *Carl, vous m'entendez ?*

— Oui », ai-je dit sans que mes lèvres bougent.

« *Carl, vous m'entendez ?* »

Il parlait d'une voix forte et pénétrante, mais sur un ton calme. Comme on parle aux gens durs d'oreille.

« Oui. Oui, je vous entends. »

Ma voix était tout aussi forte et claire.

Forte et claire, mais complètement intérieure.

L'infirmier m'a soulevé la main pour la prendre dans la sienne. Ses doigts étaient vigoureux. Son étreinte chaude et sèche.

« Carl, si vous m'entendez j'aimerais que vous me serriez la main. Vous pouvez faire ça pour moi ? Serrez-la de toutes vos forces.

— Oui.

— *Vous voulez bien me serrer la main, Carl ?*

— Je la serre.

— *Essayez, de toutes vos forces.*

— C'est ce que je fais.

— *C'est bon, Carl »*

Dès que l'infirmier a relâché son étreinte, ma main a glissé hors de la sienne comme celle d'un mort.

« C'est bon, Carl », a-t-il répété mais sur un ton plus doux. Qui lui ressemblait plus. *« Nous réessaierons demain. »*

Ça se passe comme ça, dans les rêves.

Je me suis réveillé, comme d'autres fois, déjà, dans ce rêve.

3

Je me suis réveillé la bouche ouverte comme pour hurler, assis droit dans mon lit, ruisselant de sueur de même que j'avais ruisselé de sang.

À côté de moi, Catherine aussi s'est redressée.

« Seigneur ! a-t-elle dit. Carl… qu'est-ce… ? » Une mèche de cheveux lui pendait sur la figure, elle butait légèrement sur les mots. Le sommeil et l'adrénaline s'entrechoquaient. « Que se passe-t-il ? Qu'est-ce qui ne va pas ?

— Je rêve.

— Non, mon chéri, non. Tu *viens* de rêver. Maintenant tu es réveillé. Tout va bien. Je suis là, près de toi.

— Je suis réveillé ?

— Mais oui. »

Elle a posé sa main dans la mienne et l'a serrée. J'ai répondu à sa pression.

« Je croyais, ai-je dit. Je croyais que j'étais… »

J'ai regardé autour de moi. J'étais dans ma chambre. Une petite brise entrée par la fenêtre ouverte poussait les rideaux vers l'intérieur. Un souffle d'air tiède de nuit chaude. Le réveil sur la table de chevet indiquait trois heures du matin et la lueur de l'écran numérique éclairait par en dessous un bouquet de chrysanthèmes planté dans un vase.

« Tu as fais un mauvais rêve ? » a repris Catherine. Elle était parfaitement réveillée, à présent. Comme moi. « Raconte.

— Un mauvais rêve… Seigneur ! Un rêve affreux. J'ai l'impression qu'il a duré des jours et des jours. Des mois, peut-être. Je n'ai jamais fait un rêve pareil.

— Raconte-le-moi, a insisté Catherine. Comme ça il s'en ira. »

J'ai secoué la tête. « Je ne sais pas par où commencer. »

Elle s'est penchée pour m'embrasser. « Essaie.

— D'accord. Alors voilà, je… »

Le fil s'est rompu.

Quand Catherine s'était penchée vers moi pour m'embrasser, j'avais retrouvé l'odeur fugace de son parfum. Et cette odeur retrouvée m'avait instantanément rappelé un fragment de souvenir comparable aux fragments de souvenirs relatifs à la chute de la balançoire du jardin ou à la réparation de mes pneus de bicyclette. Une fenêtre sur un instant tronqué, hors contexte, sans vue révélatrice d'un côté du cadre ou de l'autre. À l'intérieur, cependant, une sensation qui semblait forte et vraie.

Le fragment de souvenir était le suivant : parfois, quand Catherine passait dans mon bureau, l'odeur de son parfum s'y attardait après son départ. Cette odeur me distrayait de manière agréable et, m'arrachant momentanément au travail, m'entraînait dans un rêve éveillé.

J'ai rendu son baiser à Catherine. Elle a répondu en m'embrassant plus fort, une main posée sur ma joue. Puis je me suis dégagé.

« Dans ce rêve éveillé, ai-je dit, nous avions une liaison, toi et moi.

— … ton rêve affreux ?

— Non. Au bureau, je rêvais tout éveillé que nous sortions ensemble.

— Je ne comprends pas. Pourquoi allais-tu rêver ça en plein jour ? »

Pendant une fraction de seconde, les rideaux gonflés par le vent se sont ouverts en grand et la lumière des réverbères de la rue a éclairé à moitié le visage de Catherine. Elle me souriait.

« Très juste, ai-je prudemment avancé. Pourquoi allais-je rêver de ça en plein jour ?

— Pour le frisson, a dit Catherine en riant. Une simple relation, ça ne te suffisait pas.

— Non. C'est parce que nous n'avions pas de relation que je rêvais tout éveillé. »

Les rideaux avaient repris leur place et le visage de Catherine était à nouveau dans le noir mais j'aurais juré qu'elle fronçait les sourcils.

« Carl, je ne te suis pas. Je ne comprends vraiment pas de quoi tu parles. Écoute, tu viens de sortir d'un cauchemar. Tu es perturbé, tu me perturbes et… »

Je lui ai coupé la parole.

« Pourquoi sommes-nous dans le même lit ?

— Pourquoi ?

— Nous sommes mariés ?

— Non, pas mariés. Nous sommes… ensemble, c'est tout.

— Ensemble ?

— Oui.

— Je partage ta vie et tu partages la mienne ?

— Oui, a dit Catherine comme si ça allait de soi.

— Et mon boulot, c'est quoi ? » Son hésitation était perceptible. « Quel genre de travail est-ce que je fais au bureau ? Ce n'est pas compliqué, comme question. Si tu es ma secrétaire ou ma maîtresse tu le sais forcément. Qu'est-ce que je fais ? »

Catherine se taisait.

J'ai allumé la lampe de chevet pour voir plus distinctement ses traits et l'expression de son visage. Mais ce visage était totalement vide, et quand j'ai répété ma question Catherine a continué à se taire.

4

« J'y aurai mis le temps, ai-je dit. Combien, je n'en sais rien, mais je crois que j'ai enfin réussi à comprendre ce qui se passe. »

Nous étions dans la salle de bains, à présent. Catherine avait enfilé un de mes tee-shirts. Les genoux serrés l'un contre l'autre, les bras croisés sur la poitrine comme si elle avait froid, elle était assise sur le siège des toilettes et moi sur le rebord de la baignoire. Nous nous tenions face à face, de part et d'autre du tas de bandages que j'avais laissé sur le carrelage.

« Je ne suis jamais sorti du sommeil. »

Je me suis encore accordé quelques minutes pour ordonner mes pensées pendant que Catherine attendait patiemment.

« J'ai été agressé dans une rame de métro en rentrant du travail et je suis resté dans le coma. Depuis, je n'ai pas repris conscience. J'ai simplement rêvé que je me réveillais.

— C'est ça ton rêve affreux.

— Tout fait partie de mon rêve affreux. Mon réveil, l'entretien avec les policiers, le retour chez moi, la visite chez Anthony... le fait de me retrouver au lit avec toi. D'être assis en face de toi dans une salle de bains. En vérité, pourtant..., ou en réalité, ai-je corrigé dans un souci de précision, rien de tout cela n'est arrivé. Dans la réalité, je suis couché dans un lit d'hôpital, il y a un bouquet sur la table de nuit, les fleurs perdent leur pollen, je dors et je fais ce rêve. »

Catherine a opiné.

« C'est bien cela. Tu acquiesces car je ne te dis rien que tu ne comprennes aussi bien que moi. Tu sais pourquoi ? Parce que tu n'es pas Catherine, ai-je continué sans lui laisser le temps de répondre. Je ne discute pas avec Catherine, je rêve de Catherine. En fait, je parle tout seul. » Cet enchaînement de pensées a amené sur mes lèvres un sourire – moins de plaisir que de soulagement de voir enfin les pièces du puzzle trouver leur place. « Tu ne sais pas ce que je fais dans la vie parce que je ne sais pas ce que je fais dans la vie.

— Et pourquoi ne sais-tu pas ce que tu fais dans la vie, Carl ? a demandé Catherine, la tête inclinée de côté.

— Va savoir. Peut-être à cause du coup que j'ai reçu sur le crâne et qui m'a plongé dans le coma. Il m'a rendu amnésique, ou alors… »

La tête penchée de Catherine, l'air pensif qu'elle avait pour m'écouter, ses jambes fines blotties sous le tee-shirt trop court me distrayaient. Je me suis souvenu qu'elle était très jolie.

« J'y songe, ai-je repris. En ce moment, la vraie Catherine est peut-être en train de parler à la personne qui m'a remplacé au bureau. De lui donner des informations sur ce travail dont nous ne nous souvenons ni toi ni moi. Et pour peu que ce type me ressemble, il commence déjà à rêver de toi tout éveillé. Il commence déjà à essayer de mettre un nom sur ton parfum. »

Catherine a froncé le nez comme si l'idée la dégoûtait.

« Je me demande pourquoi tu dis ça, Carl. En ce moment, la vraie Catherine est peut-être en train de te veiller à l'hôpital. Elle tient peut-être à toi autant que tu tiens à elle. Il se pourrait que ce soit elle qui t'ait apporté des fleurs.

— Voilà une charmante pensée. » Je l'ai regardée un moment. « Jusqu'ici tu es la plus belle chose qui soit arrivée dans ce rêve.

— Merci, a répondu simplement Catherine.

— Ah ! Et aussi cela qui vient juste de me revenir : tu as toujours très bien su accepter les compliments. »

Nous sommes restés un moment sans parler, et lorsque le silence s'est dissipé nous étions revenus dans la chambre.

Catherine avait ouvert les rideaux. C'était à nouveau le matin.

« Alors, Carl, que vas-tu faire ? m'a-t-elle demandé.

— Ce qu'on doit forcément faire quand on est dans le coma, ai-je dit en haussant les épaules. Il faut que je me réveille. »

5

J'avais une idée : un guide pratique sur la sortie du coma. L'idée prit la forme d'une image où l'on voyait des malades dans le coma gisant sur des lits d'hôpital, et à leur chevet des bien-portants en train de lire des livres à voix haute ou de passer des morceaux de musique sur des lecteurs de cassettes portatifs. Des parents proches et des amis qui essayaient d'introduire dans l'esprit des comateux des mécanismes catalyseurs. Déclics, cascades qui sauraient arracher les dormeurs à l'inconscience.

J'en ai parlé à Catherine juste avant que le rêve me transfère ailleurs. Comme j'allais la quitter, et laisser derrière moi la chambre et les rideaux ouverts, j'ai déclaré : « Il me faut un catalyseur.

— Quel genre de catalyseur ?

— Je ne sais pas. Peut-être écouter des disques.

— Dans ce cas, va chez un disquaire », a-t-elle répondu, ce qui était évidemment un excellent conseil.

Je m'expliquais beaucoup mieux ces transferts maintenant, en ayant compris que je dormais. Alors qu'auparavant je les prenais à tort pour des absences et étais incapable de dire après coup par quel miracle j'étais passé de ma baignoire au perron d'Anthony, j'y reconnaissais désormais des aspects familiers de la vie des rêves : à un moment donné on est là, l'instant d'après ici.

Très familiers, en effet. J'étais en mesure d'estimer que j'avais passé à peu près un tiers de ma vie à dormir et que les rêves avaient dû occuper une bonne partie de ce temps.

Conséquence : je *connaissais* bien la vie des rêves. En fait, d'une certaine manière j'y étais comme un poisson dans l'eau. La vie des rêves, ai-je réalisé, n'est déroutante qu'à l'état de veille. C'est lorsqu'on l'envisage dans la perspective de la vie éveillée que la vie des rêves semble pleine de hiatus et dépourvue de logique, de l'assurance qu'une chose en entraîne une autre. Mais vu de l'intérieur d'un rêve, le monde est généralement cohérent. Non que ce monde n'ait pas de quoi perturber – simplement il n'est pas plus perturbant qu'un autre.

De plus, *sachant* désormais que je rêvais et que j'en étais conscient, j'avais le temps de noter en détail la façon dont ces transferts se produisaient. Ainsi, Catherine ne s'est pas volatilisée tel un fantôme surpris par la clarté du jour. C'est plutôt le sentiment de me trouver dans le même espace qu'elle qui a commencé à se dissiper. Et pendant qu'il se dissipait, l'image s'est estompée.

De même pour la chambre. Le lieu que je voyais était une sensation de lieu. Tant que j'avais cette sensation je voyais l'endroit. Et si, au moment de passer d'un lieu à un autre, je pouvais sentir simultanément leur présence…

Si je pouvais sentir non seulement la présence d'une chambre et de rideaux ouverts, mais aussi celle d'un magasin de disques, la lumière crue des néons, les bacs de trente-trois tours rangés par ordre alphabétique…

Alors, l'espace d'un instant, les rideaux gonflés par le vent s'écarteraient devant la vitrine du disquaire et le vase de fleurs serait posé sur le comptoir du magasin.

SHOWS&VOCALS

6

Il n'y avait pas d'autres clients. Les étiquettes, les prix, tout était écrit à la main. Du liège tapissait les murs et, punaisées sur les panneaux de liège, il y avait des pochettes de disque sous des chemises en plastique et des affiches défraîchies, d'autant plus fanées qu'elles étaient près de la vitrine.

« Je peux vous aider ? » m'a demandé l'homme qui se tenait derrière le comptoir.

Je l'ai dévisagé afin de vérifier si je ne l'avais pas déjà vu quelque part. Mais non, du moins pas que je sache. À ma connaissance, je n'avais encore jamais rencontré d'homme avec une queue-de-cheval – pas par principe, simplement parce que nos chemins ne s'étaient pas croisés.

« Je regarde, c'est tout. »

Il a opiné. « Si vous avez besoin d'aide, n'hésitez pas.

— Très bien. »

À nouveau il a hoché la tête et s'est mis à feuilleter un magazine.

Je savais exactement ce que je cherchais. Un catalyseur lié à un de mes tout premiers souvenirs, remontant à la prime enfance. Une musique que j'avais dû entendre à peu près à l'époque où j'apprenais à parler. Aussi loin que la mémoire puisse ramener. Little Richard.

Fallait-il le chercher à L ou à R, me demandais-je ? « Little » avait-il valeur de prénom ?

Supposant que non, j'ai regardé dans les L et suis tout de suite tombé sur ce que je cherchais. Curieusement, Chubby Checker et Fats Domino étaient eux aussi rangés à la lettre L, mais peu importait. J'avais déniché les plus grands succès de Little Richard.

J'ai apporté ma trouvaille à l'homme installé derrière le comptoir.

« En fait, ai-je dit, j'aurais besoin de votre aide. Vous voulez bien me passer ça ? »

Il a jeté un regard à ce que je tenais à la main.

« Quel air ? »

Je n'avais pas besoin de consulter la liste pour lui donner la réponse : *Good Golly Miss Molly.*

L'homme a glissé le trente-trois tours hors de sa pochette, il a retourné le disque en vinyle sur l'autre face et il l'a mis sur la platine. Tout cela d'un seul mouvement.

« Et voilà ! »

Il avait dû poser l'aiguille juste après le début du morceau, car la musique a démarré de manière trop abrupte. Et avec elle, la voix chantante si reconnaissable de Little Richard.

« Jolie, jolie Miss Molly. Pas le temps de dire ouf. Jolie, jolie Miss Molly. Pas le temps de dire ouf. Trois tours de rock et puis s'en va. Ta mère ne reviendra pas[1]. »

Ça m'a aussitôt remonté le moral. Exactement comme je l'avais souhaité, je me sentais transporté par le son. Dans un tournoiement, d'autres fragments de souvenirs m'ont sauté au visage – assis par terre, les yeux levés vers mon père, haute silhouette indistincte près de la chaîne stéréo, un appareil pour moi très mystérieux et placé hors de ma portée, au-delà de mon champ de vision.

Sans que je puisse vraiment comprendre par quel mécanisme, le passage musical qui venait de passer a repris en boucle et sans hiatus apparent exactement à l'endroit où il avait commencé. Little Richard était à peine arrivé au bout du court refrain qu'il l'entonnait de nouveau.

« Jolie, jolie Miss Molly. Pas le temps de dire ouf. Jolie, jolie Miss Molly. Pas le temps de dire ouf. Trois tours de rock et puis s'en va. Ta mère ne reviendra pas. »

---

1. *« Good Golly Miss Molly. So like a mo. Good Golly Miss Molly. So like a mo. The way the rocking and a rolling. You can't get your mama home.* » Le souvenir très déformé du narrateur donne à la chanson une tonalité plus triste et désabusée qu'elle ne l'est en réalité. *(N.d.T.)*

Qui plus est, maintenant que j'avais réentendu le refrain les paroles ne me semblaient plus tout à fait justes. Elles avaient beau sonner juste, elles n'avaient pas *l'air* justes.

Alors que le refrain allait reprendre pour la troisième fois, j'ai fait signe à l'homme de soulever le bras du tourne-disque.

« Ça ira comme ça ? a-t-il demandé quand la musique s'est arrêtée.

— Oui, ai-je dit avant de tout de suite corriger : Non. Il n'y a pas un défaut sur ce disque ?

— Un défaut ? a fait l'homme en fronçant les sourcils.

— Il est coincé ou…

— Rayé ?

— Oui. »

Apparemment, ça l'a un peu vexé.

« Il n'est sûrement pas rayé. Je ne vends pas de disques rayés.

— Bien sûr, mais…

— Vous entendez l'aiguille sauter ?

— Non, seulement… ça se répète. Les paroles, je veux dire. Il y a tout de même d'autres paroles, n'est-ce pas ?

— Voyons, a dit l'homme. Ce n'est pas une chanson qu'on écoute pour les paroles. C'est du Little Richard, pas du Leonard Cohen. Si les paroles ne vous plaisent pas, choisissez un autre disque.

— Bon, d'accord.

— D'ailleurs, moi je les aime bien ces paroles », a-t-il ajouté tandis que je retournais vers les bacs alignés sur les rayons.

Je me suis remis à chercher. Et cette fois, en passant les albums en revue, je me suis aperçu que, bien que les disques soient présentés comme s'ils étaient classés dans l'ordre alphabétique, il en allait tout autrement. Parmi les A, il y avait des gens dont les noms commençaient par H. Dans les B, j'ai trouvé Schubert. À la lettre C, il n'y avait personne.

J'ai interpellé le vendeur.

« Je ne comprends rien à votre système !

— Moi si, a-t-il rétorqué. Qu'est-ce que vous cherchez ? »

J'ai pris le temps de réfléchir. « Les Beach Boys.

— Lettre P.

— P ?

— Ou S.

— … "Pourquoi" ?

— "Pet Sounds".

« Pet Sounds ». Parfait. Plus encore que Little Richard, ce disque m'ouvrait une piste sonore vers l'enfance. J'avais appris à parler, alors, et j'étais capable de choisir un disque tout seul. Grimpé sur une chaise pour arriver à la hauteur de la chaîne stéréo, je plaçais l'aiguille sans l'aide d'une grande personne. Et en même temps je chantais.

« *On naviguait sur le sloop John B. Mon grand-père et moi. Montre-moi le capitaine à terre, je veux rentrer chez moi. Je veux rentrer chez moi, je veux rentrer chez moi. Je suis tellement démoli. Laisse-moi rentrer chez moi*[1]. »

Jusque-là, tout va bien, me disais-je. Jusque-là, tout…

« *Le second a attrapé la chiasse. Il a mangé toute ma bouillie. Appelle le capitaine à terre*[2]… »

La chiasse ?

« Vous ne le prenez pas ? a lancé l'homme dans mon dos alors que je me dirigeais vers la sortie.

— Vous me faites perdre mon temps ! » ai-je répliqué en laissant la porte se refermer derrière moi dans un tintement de cloche.

---

1. « *We sailed on the sloop John B. My grand-daddy and me. Show me the captain ashore, I want to go home. I want to go home, I want to go home. I feel so broke up. Let me go home.* » Texte condensé et très altéré de la chanson des Beach Boys, « The Wreck of Sloop John B ». *(N.d.T.)*

2. « *The first mate he got the shits. He ate up all of my grits. Call the captain ashore…* » Dans le texte de la chanson, ce n'est pas le second mais le cuistot, qui a, non pas *the shits* (« la chiasse »), mais *the fits* (« le fou rire »). *(N.d.T.)*

J'étais perplexe. Je ne m'expliquais pas bien le côté insaisissable de ces chansons familières. Et c'est dans cet état de perplexité que je suis entré dans la librairie située de l'autre côté de la rue.

GAUGUIN
BECKMANN

7

Là, les choses ne se sont pas arrangées, bien au contraire. Je suis allé voir la libraire les bras chargés de livres que j'avais pris sur les rayonnages et je lui ai montré le premier de la pile. « Ça, ai-je dit, c'est un des plus grands romans qui aient jamais été écrits. »

La jeune fille a examiné la couverture par-dessus ses lunettes avant de hocher la tête en signe d'acquiescement. « Oui, c'est merveilleux. Un classique. Je l'ai lu trois fois.

— Trois fois, vraiment ? Combien de temps cela vous a-t-il pris ?

— Oh... » Elle avait l'air étonnée. « Je ne sais pas. La première fois je l'ai lu en vacances, alors... peut-être une semaine, à peu près.

— Une semaine ? Je viens de le lire en entier et il ne m'a pas fallu une minute.

— ... Une minute ?

— Vous voulez savoir pourquoi ?

— Euh..., a-t-elle fait un jetant un regard inquiet autour d'elle. Oui, allez-y.

— Eh bien, voilà... – et je me suis mis à feuilleter les pages. Parce que ce livre comprend en tout et pour tout une seule phrase, "On m'appelle Ismaël[1]", répétée des centaines de milliers de fois. Dites-moi, c'est ça, à votre avis, la grande littérature ?

— Ce...

— Et que dire de celui-ci ? ai-je continué en lui montrant le deuxième livre de la pile. Encore un grand roman qu'on peut achever en moins de trois secondes : "C'était la plus belle des époques, c'était la pire qui soit[2]." Vous voulez connaître la suite ?

---

1. « *Call me Ishmael* », incipit de *Moby Dick. (N.d.T.)*
2. « *It was the best of times, it was the worst of times* » : ainsi commence le *Conte des deux villes* de Charles Dickens. *(N.d.T.)*

— Je…

— Pas commode. C'est tout ce qu'il y a. Mais pas de problème, passons maintenant à *L'Attrape-cœur* : "'Drôlement truqué[1]', dit Holden Caulfied. Fin."

— Monsieur…

— Attendez. Je ne suis pas encore arrivé à Austen : "C'est une vérité universellement reconnue qu'un homme ayant envie d'une femme est un homme à qui manquent ces choses qu'une femme ayant des besoins a envie de voir universellement reconnues[2]…" » J'ai refermé le livre avec un claquement sec. « Cela continue dans une veine similaire pendant trois cents pages et quelques. C'est à se demander pourquoi on l'enseigne à l'école, vous ne croyez pas ?

— Monsieur, a répondu la fille, je me vois obligée de vous demander de partir. »

---

1. Encore un souvenir déformé, où *phoney* (« truqué ») est mis pour *horney* (« excité »). *(N.d.T.)*

2. Parodie du début d'*Orgueil et préjugés*, qui s'ouvre sur ces mots : « C'est une vérité universellement reconnue qu'un célibataire pourvu d'une belle fortune doit avoir envie de se marier… » *(N.d.T.)*

8

Tournant le dos à la librairie, j'ai regardé les immeubles d'en face en m'émerveillant de l'absolue folie de ma mémoire. Sur les façades, je voyais des briques. Sur les briques, je voyais les variations de couleur d'une brique à l'autre, et entre les briques je voyais les espaces qu'il aurait fallu rejointoyer. Je voyais les taches laissées par l'eau sous les encorbellements et autour des gouttières, et sous les lucarnes le plomb qui brillait. C'étaient des fenêtres à guillotine. J'ai vu qu'il y avait un panneau à la vitre parfaitement lisse alors que le carreau du dessus renvoyait un reflet subtilement déformé, et j'ai tout de suite su que la vitre lisse avait été changée à l'époque moderne après avoir été cassée ou fêlée, et que le carreau déformant était d'origine.

La surface de la rue. Altérations de la surface de la rue – goudrons de types différents, dans des gris différents. Dessins formés par les différents types de goudron – rectangles qui s'emboîtent et se chevauchent. Longues bandes aux endroits où la surface a été défoncée à cause de travaux sur les canalisations d'eau, les lignes électriques, les conduites de gaz. Hauteurs différentes de la surface goudronnée – là où les affaissements de chaussée ont été réparés, là où ils ne l'ont pas encore été.

Sur le trottoir, des marques grasses, des traces de pluie, des chewing-gums. Chewing-gums jetés par milliers, aplatis sous les semelles des piétons jusqu'à former une constellation. Et quand je me baissais pour toucher le trottoir, je sentais des gravillons sous mes doigts. Ils adhéraient à ma peau à cause des huiles naturelles qu'elle sécrète. Quand, levant la main, j'examinais les gravillons, je voyais nettement que ces grains pareils à des flocons grisâtres différaient tous les uns des autres.

Le moindre détail. Spectaculaire. Fractal. Les fils composant ma chemise, et les fils très fins composant les fils plus gros. Les formes des nuages, en haut, formes qui entraînaient d'autres formes, et le mouvement lent des nuages dans le ciel. Les ombres des nuages qui passaient sur le goudron et qui atténuaient l'éclat des vitres closes. Une fenêtre ouverte, par laquelle je pouvais vaguement discerner les motifs du papier peint, à l'intérieur.

Spectaculaire, fractal, *sublime*, le plus infime détail de l'aspect que revêtait le monde. Présenté sans peine par ma mémoire, hors de tout effort délibéré de concentration. Pas de pause le temps d'assembler l'image ou de l'observer vraiment pendant que mon regard se déplaçait de gauche à droite, de haut en bas, partout.

Et pourtant. Ma mémoire que j'interrogeais pour retrouver quelques paroles d'une chanson familière butait chaque fois, se dérobait.

Environné de tous ces détails impressionnants et inutiles, j'ai alors pensé qu'il me serait plus difficile de sortir du coma que je ne l'avais d'abord imaginé. Je suppose que ma première prise de conscience – découvrir que j'étais en train de rêver – avait en quelque sorte apprivoisé le coma en le présentant sous un jour qui en masquait la réalité dramatique. Après tout, jusqu'à ce moment-là de ma vie, je n'avais jamais rien fait d'autre que sortir de mes rêves. Aussi solidement inséré dans les rêves que la mort dans la vie, l'éveil restait le moment le plus fiable du rêve.

On rêve, on se réveille : on vit, on meurt.

Je ne sais comment l'idée m'est venue que mourir, c'était s'éveiller.

Perché en haut d'un des immeubles longuement examinés un instant auparavant, je me tenais sur la bordure de pierre qui couronnait le toit plat. C'était un hôtel particulier en brique rouge, avec au rez-de-chaussée des boutiques où l'on vendait des livres vides et des disques cassés. Huit étages me séparaient des chewing-gums et du trottoir.

Les bras légèrement décollés du corps, je tendais les doigts comme s'ils étaient des plumes au bout des ailes d'un faucon, sans pour autant fonder de faux espoirs sur leur aérodynamisme. Le but, ici, n'était pas de voler.

Je regardais en bas, et le courage qui alternativement me quittait et m'emplissait me faisait doucement osciller sur les semelles de mes chaussures. Le courage semblait à jamais brouillé avec le vent qui souffle en altitude. Chaque fois que le courage m'habitait, le vent s'engouffrait dans ma chemise et gonflait le tissu dans mon dos pour m'éloigner du rebord. Quand le courage m'abandonnait, le vent aplatissait ma chemise et me poussait par-derrière, vers le vide.

J'ai fermé les yeux. J'écoutais le bruit du vent. À travers le bruit du vent j'ai entendu un moteur diesel.

Quand le vent s'est remis à souffler, je me suis autorisé à risquer un pas dans cette direction.

9

« Encore vous. »

Sitôt ouverts, mes yeux se sont rivés dans ceux d'un autre. Reflétés dans un rétroviseur, les yeux du chauffeur de taxi qui m'avait ramené de l'hôpital.

« Oui, ai-je dit. Encore moi.

— Quelles chances y a-t-il que cela arrive ? Que deux fois ce soit moi qui vous prenne ?

— Des chances étonnamment grandes, ai-je répondu en me laissant aller contre le dossier. J'ai dû reculer, voilà.

— Pardon ?

— J'ai dû reculer. En haut du toit.

— Quel toit ?

— À l'instant j'ai failli sauter du haut d'un immeuble.

— C'est vivre qui vous fiche en l'air ?

— Non.

— Qu'est-ce qui vous a retenu de sauter ?

— Je ne sais pas. Le vent n'était pas de mon côté. »

La curiosité du chauffeur l'avait quitté, semble-t-il.

« Bien. Où allons-nous ? a-t-il demandé sur un ton très professionnel.

— Pour ça, je m'en remets à vous », ai-je dit après avoir pris le temps d'y réfléchir.

Les extraits de mes morceaux de musique ou de mes romans préférés étaient donc trop fragmentaires pour me fournir le stimulus d'éveil que je recherchais. Et puisque mes échanges avec Anthony, Mary ou Catherine n'avaient débouché sur rien, cela ne me mènerait pas plus loin de discuter avec les personnages de mes rêves.

Si en revanche ma mémoire était assez fiable pour reproduire avec exactitude des immeubles, alors, peut-être avais-je encore un atout dans ma manche. Les édifices ou les lieux peuvent être aussi évocateurs que de la musique ou des conversations. Qui plus est, les bâtiments se prêtent à l'exploration. Les pièces ouvrent parfois sur des corridors qui mènent à d'autres pièces.

Tout le problème était de trouver le bon bâtiment.

« Savez-vous où j'ai été à l'école ? ai-je demandé.

— Je ne peux pas deviner comme ça, a dit le chauffeur. Donnez-moi un indice. »

J'ai secoué la tête. « Ce n'est pas une devinette. Je vous demande si par hasard vous savez où j'ai été à l'école.

— Parce que je devrais le savoir ?

— Je pensais que c'était dans l'ordre du possible, rien de plus. »

Il s'est retourné pour me jeter un regard incrédule. « J'aurais plutôt pensé que *vous* le saviez.

— À juste titre, mais ce n'est pas le cas.

— C'est donc votre ancienne école que vous cherchez ?

— Pas forcément. Simplement, c'est le premier endroit qui m'est venu à l'esprit. Ce que je voudrais, c'est… faire un tour dans les allées du souvenir[1].

— Les allées du Souvenir… Sur la rive Sud[2] ?

— C'était une image.

— Et en ce qui me concerne, c'était une plaisanterie. »

Voyant que je n'étais pas près de rire, le chauffeur s'est raclé la gorge. « Si j'étais tenté de me promener du côté des allées du souvenir, j'aurais envie de retourner à la maison de mon enfance.

— Ah. Ce serait l'idéal.

— Alors, pourquoi ne pas y aller ?

— J'aimerais beaucoup. »

Je n'ai rien ajouté – l'adresse, par exemple, que manifestement le chauffeur attendait.

Aussi a-t-il fini par demander : « Vous ne savez pas non plus où elle est ?

---

1. « Un tour dans les allées du souvenir » traduit *« a trip to memory lane »*, allusion à la chanson *Memory Lane* du groupe H_2O. *(N.d.T.)*
2. Allusion à une chanson du groupe U2, *North and South of the River. (N.d.T.)*

— Non.

— Dans ce cas, comment comptez-vous la trouver ?

— J'imagine… »

J'espérais, j'imagine, que la seule mention de la maison de mon enfance, ou de mon ancienne école, suffirait à nous y transporter. Cela ne s'était pas passé autrement avec l'hôpital, la boutique du disquaire, le toit sur lequel je m'étais retrouvé perché. Jusqu'alors les transferts avaient été très simples. Utiles, même. Mais c'était peut-être fini.

« … que j'espérais, je suppose, que tout se passe au mieux.

— Je pense que vous avez mieux à faire qu'espérer », a rétorqué le chauffeur – et je me suis demandé s'il s'agissait d'un reproche.

« Que me suggérez-vous ?

— Eh bien, je conduis un taxi, après tout. Je circule un peu partout. Il y a des chances pour que je sois passé en voiture devant la maison de votre enfance plus souvent qu'à mon tour. J'ai probablement déposé des clients dans cette rue. Je la connais probablement.

— D'accord…

— Si vous arriviez à décrire un peu la maison, même partiellement, ou le quartier, j'ai de bonnes raisons de croire que vous pourriez m'en dire plus que vous ne pensez.

— Décrire la maison… »

Une suggestion pleine de bon sens, oui, mais irrémédiablement condamnée par mon amnésie qui, pour l'heure, ne m'accordait que l'instantané découvert dans le magasin de disques – l'image enfantine d'une figure paternelle floue debout près d'un tourne-disque hors de vue.

Le chauffeur attendait. Trop embarrassé pour avouer mon incapacité à lui apporter des éclaircissements, je me suis mis à improviser.

« La maison avait un toit…, ai-je commencé avant d'ajouter : Évidemment », pour montrer que ce n'était qu'un début.

« Un toit, a noté le chauffeur.

— Une porte d'entrée, aussi. Des murs et tout ce qui va avec.

— Un toit, une porte d'entrée, des murs. Jusqu'ici je vous suis. »

J'essayais de penser à d'autres caractéristiques qu'avait dû présenter ma maison. Ne voulant toutefois pas induire le chauffeur en erreur avec de fausses informations, je ne voyais pas très bien quoi ajouter en confiance.

« Des fenêtres ? m'a-t-il soufflé.

— Oui, ai-je aussitôt répondu. Plusieurs.

— Un jardin devant ? »

Un jardin devant.

Soudain, dans un éclair, le sentiment d'un lieu. Une sensation de mouvement d'arrière en avant, d'avant en arrière. Puis la sensation de la chute.

« … Une balançoire. Bien sûr.

— Quoi ?

— Un petit jardin devant, avec un arbre et une balançoire.

— Ah. Là, nous avons quelque chose. Savez-vous seulement combien de maisons possèdent un jardin en façade et un arbre ?

— Aucune idée.

— Moins qu'on ne croit. J'en déduis par conséquent que votre maison doit se trouver dans une des parties les plus agréables de la ville. »

J'ai opiné. « Je n'ai pas souvenir d'avoir vécu dans la gêne.

— Vous voyez. Et je vais vous dire autre chose : je serais assez prêt à parier qu'à l'époque où la maison a été construite, tout le monde avait déjà une voiture. Parce que devant les maisons anciennes, dans les quartiers où il a fallu élargir les rues, les jardins ont disparu. Non : vous avez grandi en banlieue.

— Vous êtes très fort. »

Les yeux du chauffeur s'étaient remis à briller. « Je peux même me représenter l'endroit.

— Oui, ai-je dit. Moi aussi. »

10

Manifestement, cela faisait pas mal de temps que personne n'habitait plus la maison : la pelouse du jardin, devant, ressemblait à une prairie, la peinture s'écaillait sur les châssis des fenêtres impénétrables au regard, les rideaux ajourés accrochés à l'intérieur étaient tout gris et déchirés. Mes parents, ou les parents de mes rêves, ces gens dont je ne me rappelais ni le visage ni le nom, devaient donc soit être morts, soit avoir déménagé longtemps auparavant.

Il était tout aussi manifeste qu'il s'agissait d'une maison de rêve. Son délabrement n'était pas une réminiscence mais une représentation d'un passé mal conservé en mémoire. C'était une métaphore que je pouvais visiter de long en large et nettoyer de ses toiles d'araignée métaphoriques.

Pour toutes ces raisons, c'était aussi une déception : au mieux je ne pouvais donc arriver qu'à cette représentation d'ailleurs limpide d'un passé dont je me souvenais à peine. Herbes hautes et fenêtres opaques. Pendant à une branche, un bout de la corde qui retenait jadis la balançoire dont la planche avait complètement pourri. Une allée où la mousse poussait sur le ciment craquelé, où des pissenlits pointaient entre les fissures.

Mais tant pis. Au moins étais-je au bon endroit puisqu'il s'agissait bien de la maison de mon enfance. Des tas de menus détails me revenaient à toute allure. Je savais que lorsque je la pousserais, la porte d'entrée ferait entendre un grincement sourd et grave, venu du bois, pas des gonds, et je savais que sitôt le seuil franchi, les carreaux mal scellés du couloir cliquetteraient doucement quand je passerais dessus.

« Rappelez-vous ce que je vous ai dit ! a lancé le chauffeur de taxi par la vitre côté conducteur.

— Me rappeler quoi ? lui ai-je demandé à tue-tête.

— Autant y aller doucement.

— D'accord. »

Derrière moi, le moteur diesel du taxi a démarré, puis le bruit a décru.

11

Il y eut le grincement du bois, le cliquetis des carreaux, une impression de déjà-vécu, aussi, liée à la fraîcheur du couloir, à son atmosphère feutrée, au bruit de la porte qui se refermait derrière moi.

Il y avait encore autre chose, de plus subtil. La sensation de décoller, mais à peine, du carrelage sur lequel je me tenais, comme si je devenais plus léger. Ce soulagement qui redresse les épaules lorsqu'on pose un lourd bagage qu'il a fallu porter longtemps.

Et puis… un changement s'est produit en moi. Dans l'étoffe de mon corps, comme si par rapport à la maison, au couloir, j'occupais moins d'espace que je n'aurais dû. J'ai levé la main pour l'examiner, m'attendant à voir le jour à travers mes doigts, à découvrir que ma chair, mes os avaient l'aspect du verre dépoli. En fait, je n'ai vu que ma main. Le sentiment, pourtant, subsistait. Réalité ou pas, je me *sentais* translucide.

Je dirais qu'il m'a fallu plusieurs secondes avant de reconnaître ces sensations pour ce qu'elles étaient – à cela près que la vie des rêves n'est pas structurée en fonction des secondes ou des minutes. Disons donc plutôt que plusieurs moments se sont écoulés, ou simplement qu'il s'est passé quelque chose, avant que je comprenne : cet exercice, le retour à la maison de mon enfance, allait marcher. Dans la maison, j'allais m'éveiller.

Mieux, je *m'éveillais*.

L'idée m'a fait réfléchir. Poussé à retenir mon souffle. D'une certaine façon, je savais, ou j'avais la certitude, que le processus du réveil est fragile, aussi délicat que celui de l'endormissement. Je pouvais m'y prendre mal. Un bruit soudain, n'importe quoi qui détonne ou étonne, et l'occasion s'enfuirait.

Suivant donc les conseils du chauffeur de taxi, j'ai pris le temps de regarder autour de moi. De l'endroit où je me trouvais dans le couloir, j'avais le choix entre monter l'escalier et continuer sur les carreaux mal scellés vers la cuisine et le salon.

Dans le salon, il y aurait la chaîne stéréo. Je me rappelais l'effet puissant qu'avait eu sur moi la musique de Little Richard écoutée dans le magasin de disques, avant que la chanson commence à se fragmenter et à reprendre en boucle. Si je devais écouter *Miss Molly* ici, l'effet, me semblait-il, n'en serait que plus puissant.

Toutefois les marches de l'escalier semblaient aussi dotées d'une force d'attraction qui m'entraînait dans leur direction. Et si j'étais sur la piste d'un souvenir particulier et devais parcourir la maison selon un itinéraire déterminé ? Le souvenir risquait d'être tributaire du strict respect de l'itinéraire, et l'éveil de la récupération du souvenir.

Après avoir tourné et retourné les choix dans ma tête, j'ai décidé de céder à l'attraction en formulant l'hypothèse qu'elle était l'œuvre de mes instincts. Aussi ai-je gravi les marches, avec une lenteur délibérée, et au cours de cette ascension j'ai remarqué que l'impression de légèreté et de transparence perdurait. Qu'elle se renforçait même au fur et à mesure que je montais. Cela me confirmait dans l'idée que, s'il s'agissait en effet de suivre un itinéraire, j'étais sur la bonne voie.

En haut de l'escalier je me suis une nouvelle fois arrêté – sur le palier, donc –, à l'affût d'un autre tiraillement de l'attraction à laquelle je m'en remettais. Arrivé là, je pouvais continuer droit devant moi pour gagner la salle de bains familiale. Ou, prenant à gauche, suivre le couloir jusqu'à la chambre de mes parents qui donnait sur la rue. À droite, il y avait ma chambre.

Pendant que j'attendais une indication sur la direction à suivre, il m'est apparu que le délabrement observé à l'extérieur de la bâtisse ne s'étendait pas à l'intérieur. Calme et singulièrement dénuée de vie, la maison était cependant en bon état. Le tapis marron du palier n'était pas élimé, il n'y avait pas de taches sur le papier que l'humidité n'avait pas décollé du mur.

Reste qu'il y faisait sombre, au regard de la lumière éclatante du dehors. Malgré le jour qui filtrait sous les portes fermées du palier et sous celle de l'entrée, au rez-de-chaussée, j'aurais aimé mieux voir. Je souffrais encore de la cécité transitoire provoquée par le passage subit du clair à l'obscur, et mes yeux semblaient ne pas vouloir ou ne pas pouvoir accommoder.

J'attendais. Enfin l'idée m'a traversé que si je n'étais attiré dans aucune direction précise, c'est que je me trouvais précisément à l'endroit où le souvenir pouvait s'amorcer.

12

« Bonjour, Carl. »

La porte de la chambre de mes parents venait de s'ouvrir, le palier était inondé de lumière, et à présent mes yeux qui ne s'étaient toujours pas habitués à la pénombre étaient aveuglés par la clarté.

« Comment ça va, aujourd'hui ? »

La haute silhouette dont le souvenir m'était revenu chez le disquaire se tenait dans le cadre de la porte. Mon père, en effet, éclairé à contre-jour, qui se penchait pour me regarder tandis qu'ébloui je battais des cils et plissais les yeux.

Puis voilà qu'il se dirigeait vers moi, droit sur moi, semblait-il, grande ombre menaçante – et j'ai cru que nous allions nous heurter, qu'il allait me projeter à la renverse dans l'escalier. À l'instant même, cependant, il est arrivé quelque chose à l'ombre – grossie, grandie par la perspective, elle a acquis une taille irréelle, une vélocité irréelle. Et alors que je m'arc-boutais en prévision du choc, alors que l'ombre de mon père engloutissait dans le noir tout mon champ de vision... il m'est purement et simplement passé au travers.

Peu après, j'ai trouvé l'explication. Il ne m'était pas passé au travers, il m'avait enjambé. C'est dire comme il était grand et comme j'étais petit. Je me suis rapidement retourné, juste à temps pour apercevoir sa silhouette arrivant au bas des marches. Puis il a fait volte-face dans le couloir pour se rendre au salon. Immense frustration, car si l'angle de vue que j'avais du haut des marches n'avait pas été si étroit j'aurais pu le voir clairement. Au lieu de quoi je ne distinguais qu'une ombre mouvante entre les barreaux – une image de zootrope.

13

Je l'ai suivi, naturellement. J'avais confiance, à présent. Sacrément confiance dans la manière dont les choses allaient se dérouler et dans la logique de ce déroulement. Confiance dans toute la démarche qui m'avait permis de découvrir que j'étais toujours dans le coma. Je me félicitais même de n'avoir pas paniqué, pas trop. D'être resté calme et réfléchi, d'avoir envisagé et planifié la façon dont j'allais sortir de cette situation qui, au vrai et dans tous les sens du terme, me mettait dans de sales draps.

L'enchaînement était le suivant :

On m'attaque.

Je perds connaissance.

Je pense que je m'éveille.

Le monde est bizarre, fragmenté.

Je pense que j'ai été traumatisé.

Je pense que mon cerveau est touché.

Je me rends compte que ce n'est ni l'un ni l'autre, mais que je suis dans le coma.

Je me rends compte que je dois me réveiller.

J'échafaude donc un plan.

Je me mets en quête d'un élément catalyseur et trouve un fragment de souvenir sous la forme de *Miss Molly*.

À force de chercher et de persévérer, je retrouve d'autres fragments.

Jardin, balançoire, briques, fenêtres.

Ils me conduisent à la maison de mon enfance.

Là, le souvenir de *Miss Molly* est replacé dans son contexte.

Là, je deviens léger, comme en état d'apesanteur.

Et le souvenir prend une forme achevée.

Aussi achevée que nécessaire.

De surcroît – et c'est peut-être ce dont je me félicite le plus –, tout cela, je l'ai accompli seul. J'ai accompli tout cela tout seul : tout ce que je fais je le fais seul, car c'est dans ma tête que je suis enfermé et cet espace-là, je ne le partage avec personne d'autre que moi-même.

Dans le salon, j'ai vu mon père. Debout à côté de lui, il y avait ma mère. Silhouettes immobiles, découpées devant la porte-fenêtre donnant sur le jardin à l'arrière de la maison. Je n'avais toutefois pas besoin de voir leurs visages pour les reconnaître.

J'étais incapable d'articuler. Mon corps avait maintenant aussi peu de substance qu'une toile d'araignée.

Ils se sont tous les deux tournés pour me regarder.

Et mon père a dit : « *Celui-là m'inquiète beaucoup.* »

Et ma mère a dit : « *Plus que les autres ?* »

1

L'éveil est mouvement vers le haut : on émerge du sommeil dans lequel on avait sombré.

L'éveil est mouvement vers le haut, raison pour laquelle mes épaules s'étaient redressées sitôt franchi le seuil de la maison. À ce moment-là, j'étais comme un plongeur qui se déleste de ses poids de plomb au fond de l'océan. À la vue des ombres de mes père et mère, la dernière ceinture de plomb s'est détachée et j'ai entamé une rapide trajectoire ascendante.

Il a fallu que je commence à m'élever pour m'apercevoir à quel point l'eau était froide et sombre, au fond de l'océan, à quel point mes poumons brûlaient de se remplir d'air, à quel point j'aspirais moi-même à quitter le plancher marin.

La trajectoire avait une allure définitive. L'ascension était sans recours, inévitable. Rien, j'en avais la certitude, ne pourrait me ramener à l'endroit que je quittais. Au fur et à mesure que je passais d'une thermocline à la suivante, l'eau se réchauffait et devenait plus claire. J'allais vers des éclats de lumière.

J'avais quelques souvenirs de l'éveil.

Je me souvenais de mon étonnement devant le transfert de primauté de la vie rêvée à la vie éveillée, de la stupéfiante décoloration des rêves les plus tangibles, les plus prenants. Je me souvenais que la primauté *revenait* à la vie éveillée, que l'horreur rêvée d'être sans famille n'était rien face à la réalité du contact de la tête avec l'oreiller.

Je me souvenais de détails qui différenciaient nettement la vie éveillée de la vie rêvée. Qualité cristalline, sentiment que le monde se déploie sur trois cent soixante degrés au lieu de se limiter à une étroite bande de vision. L'éveil, je m'en souvenais, c'étaient cent sortes de clartés distinctes que je me préparais mentalement à recevoir en cascade.

Dans l'anticipation des clartés, il devenait très difficile de croire que la vie des rêves avait pu paraître à ce point réelle.

Alors, juste au moment où mes doigts, mes doigts tendus au bout de mon bras tendu, allaient percer la nappe…

Juste au moment où j'allais *m'éveiller*, une chose venue se refermer autour de ma cheville a stoppé mon ascension. La chose me retenait dans l'eau tiède, au bord de la pleine conscience, si près de l'air et de la lumière du jour que je voyais des formes par-delà la surface déformante de l'eau.

Les yeux plissés pour essayer d'accommoder, j'ai distingué deux silhouettes. Ce n'étaient pas du tout mes parents.

2

« Celui-là m'inquiète beaucoup.
— Plus que les autres ?
— Plus que les autres. Oui.
— Pourquoi ? »

Deux personnes se tenaient près de moi.
Un homme. L'infirmier. Je reconnaissais sa voix.
Une femme. Peut-être médecin. C'est elle qui avait demandé pourquoi j'inquiétais l'infirmier plus que les autres, mais sur un ton distrait, comme si la réponse l'indifférait.
Ils ne me regardaient pas. Ils regardaient une feuille fixée sur une planchette.
J'ai levé les yeux. L'impression d'être encadré. Autour de moi des barreaux métalliques verticaux, d'autres horizontaux.
Baissant les yeux, j'ai vu que quelque chose me couvrait le nez et la bouche. Un respirateur. C'était comme s'il étouffait mon souffle tout en l'amplifiant.
J'ai essayé de bouger la main. Je ne saurais dire si j'y ai en quoi que ce soit réussi.

« L'absence de mouvement », commentait l'infirmier.
La femme médecin s'éloignait. Vers une zone lumineuse, une fenêtre, peut-être, ou peut-être vers la porte de la chambre. Hors de ma vue, en tout cas.
Sa voix, cependant, me parvenait encore.
« De toute façon, disait-elle, on ne pourra se prononcer avec certitude que s'il se réveille. »

3

Si vraiment mes yeux s'étaient ouverts – si l'espace de quelques secondes j'avais regardé à l'intérieur de ma chambre d'hôpital –, à présent je les refermais.

L'éveil est mouvement vers le haut et le rêve mouvement vers le bas. On émerge du sommeil, on sombre dedans.

À nouveau je sombrais dans mon rêve.

Il n'est pas impossible que l'infirmier et cette femme médecin aient parlé entre eux de manière irréfléchie ou irresponsable parce qu'ils avaient oublié la présence du comateux comme on oublie parfois la présence des caméras de surveillance. Je ne le pense pas, cependant. À mon avis l'infirmier s'adressait directement à moi, et de propos délibéré. J'avais au moins un autre exemple d'un comportement similaire de sa part, lorsqu'il m'avait demandé de serrer sa main. Et avant cela déjà il y avait eu des situations où il était présent dans mon rêve, ce qui j'imagine s'expliquait par sa présence à mon chevet. Cette fois il avait orchestré une conversation avec un médecin car justement il voulait que j'entende ce qui se dirait.

J'avais reçu un message télégraphique, une information capitale : il fallait choisir entre les incertitudes du monde du rêve et les incertitudes du monde de l'éveil.

Je n'ai pas tapé du pied pour ne pas sombrer davantage, je n'ai ni lutté ni combattu. À l'inverse, j'ai cédé au découragement en pensant que je n'avais surmonté un état étrange et désespéré que pour replonger dans une situation équivalente. Et c'est de l'effroi que j'ai ressenti à l'idée que l'incertitude était le seul lot qui me soit offert. Ce pourquoi, j'imagine, le monde de rêve dans lequel je suis reparti était si différent de celui que j'avais quitté.

4

Je sombrais, de plus en plus bas, et quand j'ai rouvert les yeux je me suis retrouvé dans une obscurité totale. J'en ai donc déduit que je continuais à couler, ou à descendre, et que je n'avais qu'à attendre d'avoir atteint le plan sur lequel le paysage du rêve se reformerait.

Il s'est passé du temps – suffisamment pour m'amener à me dire, soit que je descendais à une allure plus lente que je n'étais monté, soit que je m'enfonçais vers un plan beaucoup plus profond que celui du précédent paysage. Le temps n'en finissait pas de s'écouler et je commençais à me demander si en fait je n'avais pas cessé de descendre. Si, déjà arrivé au lieu indéfinissable où ma descente devait s'achever, je n'étais pas désormais immobile.

Puisqu'il n'y avait rien à voir dans l'obscurité totale, force m'était de m'en remettre au toucher. Un geste circulaire des deux bras effectué avec beaucoup de prudence m'apprit toutefois que rien ne se trouvait à portée immédiate de mes mains. Le pas tout aussi prudent que je risquai ensuite m'apprit qu'il n'y avait rien non plus à portée de mes pieds. En fait, je n'avais pas l'impression de me tenir sur quoi que ce soit. Ce qui, ai-je pensé, signifiait qu'où que je sois, j'y étais en suspension.

Mais en suspension dans quoi ? Au cours de l'ascension, j'avais eu la sensation de me déplacer à travers une masse d'eau. Ce n'est pas dans de l'eau que j'étais à présent. Quand je remuais bras et jambes ou quand je tournais la tête, je ne rencontrais aucune résistance. J'ai actionné mon bras plus violemment, assez vite et fort pour éprouver la résistance de l'air, mais là non plus je n'ai rien senti.

Je me suis accordé une pause. Pour tenter de réfléchir. Je n'ai cependant pas eu le loisir de creuser la question car, à la faveur de cette pause, j'ai remarqué qu'en sus de ne rien sentir au bout de mes membres et de ne rien voir, je n'entendais pas le moindre bruit. Pas plus celui de ma respiration que le froissement de mes vêtements ou la moindre émission sonore attribuable à une personne, une entité, une machine, un objet qui aurait partagé cet espace avec moi.

Alors j'ai essayé de parler et aucun son n'est sorti de ma bouche.

Et j'ai essayé de frapper dans mes mains, mais quand je les ai déplacées l'une vers l'autre mes paumes ne sont pas entrées en contact. Je n'avais d'ailleurs pas la certitude d'avoir effectivement déplacé mes mains. Aucune sensation, si ténue soit-elle, n'était là pour attester mes mouvements. Je ne sentais ni mes lèvres s'entrouvrir, ni mes yeux ciller.

Pour finir, j'ai voulu toucher mon visage, et à sa place il n'y avait tout simplement rien. Mes doigts qui ne rencontraient que le vide ont poursuivi vers l'arrière à travers ce qui aurait dû être un crâne, puis plus loin, toujours plus loin, jusqu'à ce que le geste devienne impossible, sauf à entraîner la dislocation d'articulations entre bras et épaules dont j'étais manifestement dépourvu. À partir de là, je suis devenu absolument incapable de comprendre à quoi pouvaient correspondre les mouvements, et comment les parties à présent inexistantes de mon corps avaient pu autrefois être reliées les unes aux autres. J'ai perdu jusqu'à la notion du physique.

J'étais conscient, mais c'est tout. Rien n'existait plus au-delà de ma conscience.

Le temps n'en finissait pas de s'écouler. J'attendais qu'il se passe quelque chose.

Il ne se passait rien.

J'étais calme. Ou médusé. Il me semblait que j'étais au bord d'avoir l'idée la plus terrifiante du monde, mais ce n'était pas encore tout à fait ça.

Soudain, ça m'est venu.

5

C'est ça que je suis ?

Cela n'a pas l'air si terrifiant, formulé de la sorte. Il faut sans doute être passé par là…

L'idée, en tout cas, se présentait ainsi : C'est ça que je suis ?

Comme si, mettons, je restais moi-même après avoir perdu un bras dans un accident. Personne n'irait alors dire que je ne suis pas moi. Les gens ne diraient pas, c'était Carl, puis il a perdu un bras et maintenant c'est John.

Et il en serait de même si je devais perdre l'autre bras dans un autre accident. Ou les jambes, la vue, l'ouïe, la parole, le toucher. On pourrait continuer ainsi à me dépouiller tant et plus jusqu'à ce que je ne sois plus qu'une conscience suspendue dans un vide.

Qu'on me retire la conscience, cependant, et aussitôt je disparais. Carl n'est plus. Qu'on me retire la conscience mais qu'on me laisse le corps au grand complet, avec ses bras, ses jambes, et ma disparition est assurée.

Bref : en rêve ou éveillé, c'est ça que je suis.

En rêve *ou* éveillé, c'est *ça* que je suis ?

ÇA ?

À partir de là, il n'y avait plus qu'une gambade, un bond, un saut à faire pour toucher la vanité désolée de toute chose. Moi qui avais déjà perdu mon corps, voilà maintenant que je perdais l'esprit.

Une conscience dans le vide n'étant que pur esprit, pour elle c'est une affaire considérable de perdre l'esprit. Contrairement à ce qui se passe lorsqu'on perd l'esprit dans le contexte de la vie éveillée, ici aucun élément extérieur ne vient faire contrepoint à l'effondrement psychique. C'est en vain qu'on espérerait trouver un ancrage quelconque.

Cela étant, « perdre l'esprit » n'est jamais qu'une façon de parler qui en l'occurrence est trompeuse. Dire d'un pur esprit suspendu dans le vide qu'il perd l'esprit implique forcément que l'esprit ne se trouve pas là où il faut mais ailleurs, Dieu sait où, et que le pur esprit n'est donc que vide. Vacuité. Ce n'est cependant pas ce qui m'est arrivé, puisque à l'évidence mon esprit était toujours *avec* moi. Simplement, il ne fonctionnait pas. J'étais d'ailleurs tout sauf vacant : rempli, ou trop plein, débordant.

Pour moi la vraie surprise est d'arriver à me rappeler très exactement ce que j'ai éprouvé en perdant l'esprit. C'est encore très perceptible, comme un goût dans la bouche. Plus surprenant encore, je crois être en mesure d'en fournir une description.

Imaginez un ton de voix. Un ton plutôt monocorde mais aussi et surtout découragé, frustré. Si ce ton était associé à une voix, elle aurait le registre nasillard de celle de l'enquiquineur qui psalmodie son désespoir en geignant : *Oh, non, non, mon Dieu, oh, pauvre de moi, oh, non*… Oubliez cependant ce que dit la voix – l'important, c'est le ton. Monocorde, désespéré, frustré, pathétique, et très sonore. Emparez-vous de ce ton sonore ; c'est le premier ingrédient.

Deuxième ingrédient, simple et direct : la peur. Effroi, affolement. Une chose dont vous n'auriez pas pensé qu'elle pouvait coexister avec le ton monocorde, et pourtant, si. Tremblant, froid, cinglant, effroi.

Le troisième et dernier ingrédient, tout aussi simple et direct : des mots aléatoires. Aléatoires et qui s'enchaînent. Des chapelets de mots. Pas compliqués, décousus. Sans logique ni reprise ni répétitions significatives. Et HURLÉS À PLEIN VOLUME :

MÉANDRE ALLIÉ INHIBE SOUS BARIL INERTE ENFER NOURRI SANS UNE RUSE CAR ENVOL NIL ENVERS SON TEMPS POUR AMOUR SECTAIRE ARMÉE ULTIME SATURNE SOUFFRIR INTIME AMOK LAC ÉTHER AVEC TOUS OUBLI INNÉ ROUGE ENCRE QUI ULULE IRRITÉ LUNE YOGA POUR AVALER RAME ALERTE ÎLE TIENNE.

Fracassez tous ces mots ensemble, faites-les exister à l'exclusion de tout le reste, et vous y serez.

6

Deux choses, à présent, me laissent perplexes. La question, d'abord, de savoir pendant combien de temps je suis resté dans cet état d'insensibilité. Ce temps n'a pu être illimité, évidemment, sinon je ne serais pas ici aujourd'hui, mais il ne fut pas court non plus. D'une certaine façon je le sais. Sans commune mesure avec ce qui se passe lorsque, tiré du sommeil à huit heures par la sonnerie du réveil, on replonge aussitôt dans un rêve qui semble très long alors qu'en en sortant on s'aperçoit qu'en réalité il n'a duré que dix minutes.

Si je devais risquer une supposition qui tienne compte des qualités étranges propres à l'écoulement du temps de la vie intérieure, je dirais que j'ai flotté pendant peut-être deux ou trois mois de vie éveillée. Mais une supposition n'est jamais que cela.

Autre motif de perplexité : qu'est-ce qui m'a sorti de là ? Étant donné le vide, l'absence de tout ancrage, pourquoi la perte d'esprit *ne s'est-elle pas* poursuivie à l'infini ?

À cela, je ne peux vraiment apporter aucune réponse, je ne me hasarderai même pas à supposer quoi que ce soit. Je sais seulement que d'un seul coup, comme si on fermait un robinet, la folie a pris fin et que j'ai été réexpédié dans le paysage de rêve plus familier où j'évoluais précédemment.

L'impression de rentrer chez moi.

J'étais chez moi. C'était mon lit et je m'y trouvais avec Catherine. Elle me serrait dans ses bras en disant : « Hé, ne t'inquiète pas. Ça va, ça va. » Et puis elle m'embrassait et elle disait qu'elle m'aimait. Elle avait les lèvres douces et chaudes, je sentais son parfum et tout avait l'air complètement réel.

Et j'avais beau être désorienté, éreinté, psychiquement au bout du rouleau, ma présence d'esprit – l'esprit que j'avais perdu – me revenait à une vitesse époustouflante.

Je savais que j'étais toujours dans un rêve, que ce n'était pas vraiment mon lit, que Catherine n'était pas vraiment là et qu'elle ne m'aimait pas pour de vrai, mais je m'en fichais. Éperdument.

7

Ce matin-là, voilà ce que nous avons fait : l'amour, d'abord, ensuite nous avons pris une douche et nous sommes descendus pour le petit déjeuner.

Rien de tout cela n'était réel. Je m'en fichais.

Au petit déjeuner, j'ai mangé du bacon et un toast.

Ce n'était pas du vrai bacon et je m'en fichais.

À deux ou trois reprises il s'est passé des trucs bizarres. Par exemple, le bacon et le toast ont été prêts en un rien de temps, littéralement : ils sont apparus, voilà tout. Et l'espace de la cuisine était peut-être deux fois plus étroit que son double de la vie réelle, et nettement plus haut de plafond.

Mais je m'en fichais.

Et pourquoi pas ? Qu'on me dépouille jusqu'à l'os de ma vie éveillée, et je deviens une conscience dans un vide. Qu'on me dépouille jusqu'à la moelle de ma vie rêvée, et je deviens une conscience dans un vide.

Où est la différence ?

Le petit déjeuner avalé, nous sommes sortis nous promener.

8

Au bout de ma rue, nous avons tourné à droite dans l'artère principale qui descend vers le fleuve. C'était le milieu de la matinée et la journée promettait d'être chaude. Catherine portait un chapeau de soleil et une jolie robe d'été, en coton avec des motifs de fleurs. Moi, un jean et une chemise à manches courtes, ainsi qu'un petit sac à dos dans lequel il y avait une bouteille d'eau et un appareil photo.

Au lieu de nous épuiser à suivre jusqu'au bout l'artère principale sous la chaleur de plus en plus accablante, nous avons choisi d'emprunter le souterrain pour piétons, récemment prolongé. On pouvait désormais aller jusqu'au fleuve dans une atmosphère climatisée, à l'abri des bruits de la circulation et des gaz d'échappement. On pouvait même faire un peu de shopping *en route*[1]. Plusieurs points de vente avaient ouvert dans les renfoncements exigus qui bordaient le souterrain, pour la plupart des boutiques de vêtements et de bijoux. Le trajet en devint un peu plus long, un peu plus lent que prévu, car Catherine s'arrêtait sans cesse pour regarder les devantures. Je continuais à bavarder, au milieu d'une phrase je me tournais vers elle et je me rendais compte que depuis quelques pas je parlais tout seul.

Le souterrain pour piétons était par ailleurs un peu déroutant, car il était difficile d'estimer le chemin parcouru. Des escaliers disposés à intervalles réguliers permettaient de remonter en surface, mais par une négligence étrange on n'avait pas encore placé les panneaux qui auraient indiqué les rues transversales dans lesquelles ils débouchaient. En conséquence, nous avons dû choisir au jugé une sortie, qui par hasard s'est avérée la bonne.

1. En français dans le texte.

Après avoir émergé à la hauteur du pont, nous avons fait halte pour boire de l'eau à la bouteille. Nous étions restés sous terre une demi-heure, à peu près, et déjà la chaleur s'était nettement intensifiée. Ou alors la climatisation du passage souterrain avait diminué notre résistance. Je commençais à regretter de n'avoir pas eu autant de bon sens que Catherine et de ne pas avoir mis de casquette, car j'allais sûrement attraper un coup de soleil avec un temps pareil.

« Où veux-tu aller ? » ai-je demandé à Catherine.

Elle a haussé les épaules. Penchée sur le parapet du pont, elle contemplait le lent mouvement de l'eau en contrebas.

Montrant du doigt les pêcheurs assis sur le pan incliné des berges bétonnées, elle a dit : « Tu crois qu'ils mangent les poissons qu'ils attrapent ? La rivière a l'air si sale.

— Non, je ne crois pas, ai-je répondu. Il doit y avoir une loi qui les oblige à rejeter leurs prises à l'eau. »

Je n'en étais pas sûr, cependant. Un peu plus loin vers l'aval, les berges étaient encombrées de cabanes et de baraques en bois dans lesquelles vivaient les pêcheurs. Une autre partie de la ville, moins riche. À la vue de ces taudis, il paraissait invraisemblable, soudain, que ces gens consacrent leurs journées à pêcher pour le plaisir.

« Moi, je pense qu'ils les mangent, a déclaré Catherine qui s'était sans doute tenu le même raisonnement. Je parie qu'ils ont le goût de vase.

— Les pêcheurs ou les poissons ?

— Les deux. » Elle s'est écartée du parapet. « Que dirais-tu d'aller faire un tour dans le quartier des antiquaires et de monter ensuite à l'un des sanctuaires ? » a-t-elle proposé.

C'était mon tour, à présent, de m'arrêter devant chaque vitrine tandis que Catherine piaffait d'impatience. Me distrayaient surtout les figurines sculptées dans l'os ou dans l'ivoire, en vente dans la majorité des boutiques. Les plus belles étaient beaucoup trop chères, mais je prenais plaisir à les regarder et j'aimais bien l'odeur d'encens qui s'échappait des pas de porte.

Une de ces statuettes a retenu mon regard. Elle représentait un vieillard accroupi, une main appuyée sur un genou, l'autre tenant un éventail. Il avait la tête inclinée de côté et me regardait droit dans les yeux. L'expression de ses traits était curieuse – une espèce de grimace un peu réprobatrice où se lisait aussi un amusement courroucé.

À côté du vieillard se trouvait une autre figurine, en position debout, celle-là. Elle avait l'air plus ancienne encore que les autres mais n'était pas taillée dans l'ivoire ou dans l'os. Elle semblait en terre cuite ou en porcelaine, et j'ai pensé que de ce fait son prix serait peut-être plus abordable. Elle avait pas mal souffert du passage des ans. Son vernis était craquelé, ébréché, et toutes ses parties saillantes – les plis des vêtements, les mains et les pieds – étaient usées, comme si elle avait passé des années brinquebalée au fond d'une poche.

En l'examinant de plus près, j'ai remarqué que malgré ses proportions humaines et la robe dont elle était vêtue, la figurine avait le visage curieusement pointu. Ce n'était pas un visage d'homme. Il y avait un museau, une sorte de mufle de chien mais en moins prononcé.

Je regardais toujours ce curieux visage quand une main a saisi la figurine dans la vitrine. Le commerçant, qui présentait une certaine ressemblance avec le vieillard accroupi sur lequel mes yeux s'étaient d'abord posés, m'observait avec sur les traits la même grimace bizarre.

Il a tendu la figurine vers la glace pour que je la voie mieux, puis il lui a donné une petite tape dans le dos. Et la tête de chien m'a tiré la langue.

La grimace du commerçant s'est transformée en grand sourire. Il aimait surprendre les clients en leur jouant ce tour. Il a recommencé deux ou trois fois et j'ai compris que la langue, un petit éclat d'os, était articulée dans la tête. Au repos, en position normale, elle restait dedans, mais si on tapotait le dos elle sortait.

Le commerçant disait quelque chose que je n'ai pas compris. J'ai mis la main en cornet autour de mon oreille.

« Dieu Singe ! » Deux mots tout juste audibles de l'autre côté de la vitrine.

« Tu t'amuses bien ? m'a demandé Catherine qui venait de surgir derrière moi.

— Je croyais que c'était un chien », ai-je marmonné.

Ravi d'avoir le double de spectateurs, le commerçant nous a rejoué son tour.

Nous avons déjeuné dans un restaurant bon marché que connaissait Catherine. Selon elle, il ne fallait pas viser trop haut puisque nous avions quitté le quartier des antiquaires avec le dieu Singe en porcelaine calé au fond de ma poche, empaqueté à la diable dans du papier bulle. En définitive le déjeuner ne nous a pas coûté moins cher que les figurines en ivoire, mais beaucoup plus. Le prix, cependant, ne m'inquiétait pas outre mesure. C'était justement le prix qui comptait. Plus encore que de la petite figurine elle-même, j'avais envie, je crois, de scandaliser Catherine par mes extravagances.

Catherine voulait attendre la fin d'après-midi afin de nous épargner la grosse chaleur pendant notre promenade sur le site du sanctuaire qu'elle avait choisi de visiter – son préféré, selon la description qu'elle m'en avait donnée. Nous avons donc fait traîner le déjeuner en longueur. En buvant du thé, en laissant la serveuse remplir systématiquement nos tasses, en nous désintéressant de l'addition posée sur la table, jusqu'à ce que dans la rue les ombres des passants commencent à s'allonger.

9

Des heures durant nous avons exploré le sanctuaire et le site du temple. D'abord les pièces fraîches où les lames de parquet grinçaient sous le pied, et de façon si mélodieuse qu'on avait l'impression d'entendre des oiseaux chanter. Ensuite les jardins, pleins de caches secrètes, de ruisseaux et d'étangs paisibles.

10

Pour finir nous avons mangé une glace, assis sur les marches en pierre, sous le dais d'un érable énorme qui poussait près de l'accès principal.

« Alors, ai-je dit, tu ne m'as toujours pas expliqué pourquoi c'est ton sanctuaire préféré.

— Eh bien, a répondu Catherine, il a une entrée grandiose. » Elle me la montrait en pointant dessus la petite cuillère plate précédemment fixée sur le couvercle du pot de crème glacée. L'entrée, ou les grilles, pour être plus précis, était effectivement grandiose, et célèbre pour ses dimensions. Une prouesse des arts mécaniques du temps jadis : une hauteur de plus de deux fois supérieure à celle de tous les immeubles alentour, modernes ou anciens. Une attraction pour touristes : côté rue, il y avait une guérite où l'on pouvait se faire prendre en photo avec un objectif qui trichait sur la perspective, de façon à inclure toute la hauteur des grilles dans le cadre. Après s'être photographiés, certains touristes repartaient sans se donner la peine de visiter le sanctuaire qui se trouvait derrière.

« C'est très tranquille, aussi », a ajouté Catherine.

J'ai acquiescé. « Je n'entends absolument pas la circulation. Juste…

— Les planchers.

— Oui, ai-je dit en riant. C'est quoi, l'histoire de ces planchers ?

— Ils ont été construits exprès. Les clous en fer sont plantés dans le bois selon un certain angle, quelque chose comme ça. L'idée étant que si un voleur se glissait de nuit à l'intérieur, le bruit alerterait tout le monde.

— Une alarme antivol ?

— Hum, hum.

— Tu en sais, des choses, sur cet endroit.

— C'est mon préféré, je te l'ai dit.

— Tu y viens souvent, alors ? »

Elle n'a pas répondu tout de suite.

« En fait, non. Ce n'est que la deuxième fois. »

Un groupe de jeunes moines est passé près de nous, et j'ai remarqué à ce moment-là que le ciel prenait la couleur de leurs robes. Le soleil, hors de vue derrière les hautes grilles, devait être tout près de l'horizon, le touchait peut-être déjà.

J'ai fini la dernière cuillerée de crème glacée.

« Tu sais quoi ? ai-je dit en reposant le pot vide. Cette journée était parfaite.

— Oui, ce fut une bonne journée.

— Parfaite », ai-je insisté en pensant à la matinée que nous avions passée au lit, au petit déjeuner, au déroulement d'ensemble de tous ces instants partagés. « Je ne vois pas ce que je pourrais souhaiter de mieux entre le lever et le coucher.

— Hum. C'est… »

Catherine n'a pas continué. Sa voix s'était cassée.

« C'est… ? ai-je fait pour l'encourager.

— C'était bien.

— Tu as déjà vécu une journée plus parfaite ? » Elle n'a pas répondu. « Tu as gagné au loto et trouvé au fond de ton jardin un Caravage que quelqu'un avait jeté ? »

Je la regardais en coin, espérant une réaction : un sourire, au moins esquissé. Au lieu de quoi je lui trouvais brusquement l'air plutôt triste. Cela m'a troublé. Je sentais bien que l'atmosphère entre nous avait changé, mais je ne discernais pas la raison de ce changement.

Enfin Catherine s'est décidée à parler. « La première fois que je suis venue ici, a-t-elle dit, c'était mieux.

— Pourquoi ? » La question m'avait échappé. Aussitôt j'ai essayé de la retirer. « Non. Tu n'es pas obligée de… »

Mais elle m'a coupé la parole : « J'étais avec une autre personne.

« Bon », ai-je dit. Et je l'ai répété : « Bon, bon. »

Je devais avoir l'air très bête. Lourd. Je voulais simplement, je suppose, donner l'impression que nous avions toujours une conversation normale, légère. En quoi je perdais mon temps, car la question que j'ai formulée deux secondes plus tard a rendu la situation plus pesante encore : « On peut savoir qui ?

— Peu importe, a rétorqué Catherine. C'est bien le problème. »

Je me suis renfrogné. Je pensais qu'elle cherchait à me provoquer, qu'elle donnait exprès du poids à ses propos pour me déstabiliser au maximum. Dans le regard qu'elle m'a retourné, j'ai lu que c'était tout le contraire, en vérité. Il y avait du regret, dans ses yeux, et beaucoup d'affection.

« Ce que j'essaie de dire, Carl, c'est qu'une bonne journée ne devient parfaite que si on la partage avec quelqu'un.

— Oh, ai-je dit dans un soudain éclair de compréhension. Je vois. »

Et à l'instant même, le jardin, Catherine et tout ce qui s'ensuit furent submergés sous un flot irrépressible de mots. Similaires aux chapelets de mots hurlés à plein volume que j'avais entendus plus tôt…

11

Apprivoise Ulysse captif admirant son offrande un chant envoûte leurs âmes voguez orques utiles sans idéal nirvana toujours éther régnera en ses simiesques enfers LOUCHES ALLÉES BOISÉES AU LIEU ARRAISONNÉ DES ENVIES AVEZ-VOUS AUSSI INTERDIT TOUT KÉPI YANG OU TRAMÉ OUVERTEMENT PLUSIEURS ORIGINES USURPÉES RIONS CAR AVEC DÉLICES RÉBUS ESPÈRE

… assez curieusement pourtant, ces mots qui semblaient moins aléatoires que précédemment me paraissaient plus dépourvus de signification.

Il est difficile, parfois, de distinguer entre ce qui a du sens et ce qui n'en a pas.

Sur le carrelage de la salle de bains, le sang et les bandages avaient coagulé en masse compacte. Ils se sont décomposés quand j'ai voulu les ramasser. Complètement desséchés, ils s'émiettaient sous mes doigts en poussière de fibres noirâtres.

Par la fenêtre de la cuisine, j'observais Mary installant Joshua dans sa chaise haute tandis qu'Anthony, debout près de l'évier, regardait le bout de jardin devant la maison. J'avais beau me tenir au centre de son champ de vision, son regard me passait au travers. En l'examinant mieux, j'ai décidé que je ne connaissais pas plus cet homme que sa femme ou leur petit garçon. Réduits à l'essentiel, les traits de leurs visages étaient anonymes. Ils ressemblaient moins à une famille qu'à des mannequins en vitrine.

De ma place à l'arrière du taxi, j'ai décidé que les yeux qui se reflétaient dans le rétroviseur étaient ceux d'un ami. Plus âgés que les miens, ils appartenaient à quelqu'un qui avait ma confiance et m'apparaissait comme un guide. Je ne savais pas qui était cet ami. Je savais juste que les yeux étaient réels, et assez importants aux miens pour que cet éclat de visage s'impose à mon esprit amnésique. Mais ma tentative pour changer de position sur la banquette afin de distinguer une plus grande partie du visage n'a en rien modifié le reflet dans le miroir.

L'odeur du lait tiédi par les premiers rayons du soleil m'emplissait les narines. La radio allumée dans la cabine du camion du laitier crachait en boucle un air indistinct brouillé par des parasites.

Je tapotais le dos du dieu Singe et la langue jaillissait.

Gonflés par le vent, les rideaux s'ouvraient.

Tous ces transferts s'enchaînaient rapidement. Les transitions de l'un à l'autre étaient imperceptibles. Elles suivaient, je suppose, le fil de mes pensées.

12

Lors du dernier transfert, tout s'est assombri assez vite, de façon aussi inattendue que lorsqu'un nuage vient masquer le soleil. La baisse de clarté soudaine évoquait plus une nuit sans lune, néanmoins. Une bouffée d'angoisse m'a submergé, liée à la crainte d'être bientôt réexpédié dans le vide ténébreux.

J'ai tendu les mains devant moi. Si j'arrivais à me raccrocher à un objet, ou à une sensation, je pourrais tenir ce lieu à distance.

Et contre mes coudes, de chaque côté, j'ai découvert une forme arrondie.

Cela m'a rassuré. Inclinant prudemment le buste en arrière, je suis entré en contact avec une surface douce et ferme à la fois, modelée pour soutenir les lombaires.

J'ai poussé un petit soupir de soulagement. Je ne flottais pas seul dans le vide. J'étais assis sur un fauteuil, dans mon bureau.

Mon premier geste fut d'allumer la lampe posée sur la table. Après quoi j'ai attrapé une feuille de papier dans le tiroir de gauche, un stylo à encre dans le tiroir de droite, et j'ai écrit :

Avant que le téléphone sonne, il n'y avait dans mon bureau d'autre bruit que le grattement de mon stylo sur les papiers que j'étais en train de signer, d'annoter dans les marges, y portant corrections et modifications.

J'ai appuyé sur le bouton pour avoir la ligne.

« Carl à l'appareil.

— Carl.

— Catherine ! Il y a des heures que j'aurais dû vous dire de partir… »

Elle m'a interrompu. « Je suis chez moi. Je suis rentrée, j'ai été au cinéma, j'ai mangé une pizza et j'ai regardé la fin du dernier journal. »

11 : 42, affichait la pendule posée sur ma table de travail. J'ai fait pivoter mon fauteuil. La fenêtre du bureau allait du plancher au plafond. Derrière le panneau de verre, je voyais la ville étincelante, le ciel nocturne. Pas d'étoiles ; la couche de nuages bas répandait dans le ciel une lueur presque rouge.

Catherine parlait toujours. « J'appelle parce que le dernier métro passe dans vingt-cinq minutes.

— Ah, bien. »

J'ai raccroché.

« Bien. »

Levant les jambes, j'ai posé les pieds sur le rebord du bureau. Et de toutes mes forces je me suis propulsé vers l'arrière.

13

J'ai fusé à l'autre bout de la pièce, sous l'impact la fenêtre a éclaté et j'ai été éjecté dans l'espace.

Pendant un certain temps, les éclats de verre brisé sont tombés à la même allure que moi le long de la façade de l'immeuble. Puis ma personne, les bouts de verre et le fauteuil ont rompu tout contact, comme des parachutistes en chute libre rompent leur formation.

J'avais beau tomber vite, je culbutais lentement. Dans ma position initiale, le dos tourné vers la terre, je faisais face au ciel. Toutefois, à cause de la rotation dans laquelle m'entraînait la partie supérieure de mon corps, plus lourde, j'ai fini par voir la ville à l'envers. L'étrangeté de la perspective m'empêchait de prendre conscience de la vitesse de la chute, y compris lorsque je regardais le sol directement à la verticale. Il se rapprochait, mais pas aussi rapidement qu'on aurait pu s'y attendre. J'avais le temps de distinguer les mouvements des voitures aux coups d'épingle de leurs phares.

La vitesse n'est devenue sensible que lorsque l'élan acquis au départ m'eut presque fait boucler le cercle de ma révolution – quand, me retrouvant face à l'immeuble, j'ai vu les étages défiler en trombe devant moi. J'ai soudain eu le sentiment que la descente s'accélérait vertigineusement. Le cœur serré par l'adrénaline et la griserie, j'ai ouvert la bouche pour respirer – et le bruit du vent a brutalement retenti, comme si la bouffée d'air inhalée avait repressurisé mes tympans.

À présent je commençais à voir des images statiques derrière les fenêtres éclairées qui se succédaient en accéléré, à cinquante centimètres à peine de mon visage. Un autre effet a pris le dessus : c'était l'immeuble qui bougeait alors que j'étais moi-même statique. Comme quand on regarde passer un train depuis le quai.

14

De l'autre côté des vitres du métro, j'ai vu deux choses.

Tout d'abord, un bandeau publicitaire qui courait au-dessus des fenêtres. Une photographie d'Anthony, sourire radieux aux lèvres, avec derrière lui son insipide petite famille. Le message disait : *Du lait frais, du café frais. Il y a des choses faites pour aller ensemble.* Je ne savais pas vraiment quel produit vendait Anthony, mais j'étais content de l'avoir enfin situé.

Ensuite, j'ai vu les quatre jeunes gens s'apprêter à passer dans la voiture adjacente où ils allaient intimider la fille en train de lire son livre et, peu après, me tomber dessus.

Je dis qu'il s'agissait de jeunes gens car c'est plus rassurant pour moi quand je pense à la facilité avec laquelle ils m'ont précipité à coups de pied dans l'inconscience, mais en vérité c'étaient des gamins. Le plus jeune avait au mieux quinze ans. Le plus vieux, dix-huit ou dix-neuf. Il n'y a pas de honte, j'imagine, à se faire rosser par quatre adolescents – et pourtant cela me tracassait. Pas sur le plan physique, comme s'il s'était agi de rivaliser de force et de rapidité : pour une question d'impuissance.

Tout en les observant à travers la vitre sale, je me demandais si j'allais m'entendre protester dès qu'ils s'en prendraient à moi. Un horrible pressentiment me disait que j'allais réentendre le ton de voix désespéré indistinctement perçu au moment où je perdais l'esprit. *C'est ça que je suis ? Oh, non, ô mon Dieu, oh, pauvre de moi, non…* Nasillard, peut-être parce qu'on venait de me briser le nez.

Cela me mettait en colère. Me donnait envie de passer par la fenêtre et de prendre leur place avant qu'ils prennent la mienne. À mon tour de les précipiter à coups de pied dans le coma. De voir comment ils allaient s'en sortir, *eux !*

Mais je ne pouvais pas les attaquer. J'étais un fantôme. Je ne pouvais que me rapprocher un peu plus de la vitre et les suivre tandis qu'ils ouvraient la porte de séparation entre les voitures et s'avançaient dans la mienne.

J'ai déjà eu l'occasion de le dire : la jeune fille avait du courage. Il transparaissait dans la manière dont elle a refermé son livre en marquant la page d'un doigt, alors qu'elle devait s'accrocher à son sac et repousser les garçons.

Je l'ai dépassée pour aller me placer directement en face de l'endroit où j'étais assis. Et là, j'ai eu un doute : quand je pensais fixer mon propre reflet dans la vitre, n'étais-je pas en réalité en train de me regarder moi-même ? D'entrapercevoir le fantôme d'un avenir comateux ?

Bref. En tout cas, je n'étais pas aussi courageux que cette fille. J'ai pu le constater assez clairement aux coups d'œil que je jetais de côté afin de voir ce qui se passait à l'autre bout du wagon, à la façon aussi dont mes yeux se sont écarquillés quand elle s'est dirigée vers moi.

Reste que je ne manquais peut-être pas complètement de courage, moi non plus. Quand la fille a dit : « Excusez-moi. Ça ne vous dérange pas que je m'assoie ici ? », j'ai bien étudié la manière dont je secouais la tête en soutenant son regard. À l'époque, je m'en souviens, j'avais espéré que le mien lui paraîtrait rassurant, et depuis ma nouvelle perspective je voyais, en effet, qu'il était rassurant. Ne vous en faites pas, semblait signifier ce regard. Si quelqu'un doit prendre des coups, ici, ce sera moi.

Puis les garçons nous sont tombés dessus, l'un d'eux a saisi la fille par le poignet et lui a tordu le bras et elle a hurlé.

Quand je me suis levé, une main en l'air, pour m'interposer, j'avoue avoir éprouvé une certaine fierté. Pas tant parce que j'étais intervenu, que j'avais agi comme je l'ai fait, mais parce que je connaissais la suite d'événements des plus étranges qui attendaient le passager du métro. Je savais précisément ce qu'il allait affronter, comment il s'en tirerait, et je trouvais qu'il ne se comportait pas si mal.

En définitive

derrière les vitres du métro, comme si j'étais suspendu entre leur face extérieure et les parois du tunnel, je me suis vu marcher à reculons dans la voiture, les bras levés pour me protéger le visage et le haut du corps. Les jeunes s'en prenaient à moi. Une bonne partie de leurs coups semblaient inoffensifs, comme s'ils me glissaient sur la tête, les épaules, et certains ne m'atteignaient même pas. D'autres, en revanche, ne rataient pas leur cible.

Mes mouvements étaient lents et mal coordonnés. Une ou deux fois j'ai agité les mains devant moi pour tenir ces hommes à distance, mais le geste n'avait pas l'air plus violent que si je chassais une mouche. Puis mes jambes ont cédé et je suis tombé sur le dos contre les sièges avant de m'affaler par terre. De mon poste d'observation à l'extérieur de la voiture, j'ai regardé les jeunes gens me frapper à coups de pied jusqu'à ce que je perde connaissance.

15

Voilà.

Les garçons avaient disparu, la fille aussi, le métro s'est arrêté dans une station et les portes se sont ouvertes. Il n'y avait personne sur le quai. Une sonnerie retentissait. La fille avait peut-être tiré le signal d'alarme avant de s'enfuir, ou bien elle était partie chercher du secours.

Je suis monté dans le train et, baissant les yeux, j'ai contemplé mon corps ensanglanté qui avait vite sombré dans le sommeil et commençait peut-être déjà à rêver – de fleurs dans un vase et d'un tas de bandages.

Par terre, à côté de moi, il y avait une sacoche avec un fermoir en cuivre.

Je l'ai ramassée et je suis parti avec.

16

Dans un endroit tranquille, mon site préféré entre tous ceux que j'avais visités, je me suis assis, la sacoche sur les genoux.

Il était étrange, songeais-je, que la seule chose qui puisse désormais me protéger des incertitudes de la vie éveillée soit elle-même une incertitude : l'amnésie. Mes allées et venues à travers les souvenirs et les lieux ne m'avaient toujours pas appris qui j'étais. Je n'avais pas de nom de famille, pas de parents avec un visage, pas même une idée un peu précise de mon âge. Et voilà que je tenais sous la main le moyen de mettre un terme à tant d'incertitude. Les papiers que renfermait la sacoche allaient me dire ce que je faisais, à quoi je pensais dans l'heure qui avait immédiatement précédé l'agression. À tout le moins ils me révéleraient quel était mon métier, et j'étais à peu près sûr qu'une fois en possession de cette information capitale les autres secrets de mon histoire apparaîtraient tout naturellement au grand jour.

Les deux pouces appuyés sur le fermoir en cuivre, je suis resté longtemps à hésiter.

À présent je m'interroge. Le rêve se serait-il déroulé différemment si je n'avais pas pris la sacoche et si la police l'avait trouvée près de mon corps inconscient ?

Ah. Qui sait ?

Le rêve s'achevait.

J'ai actionné le fermoir et j'ai vu les papiers, vu la première ligne de la première feuille. Instantanément j'ai commencé à m'éveiller.

Il n'est pas impossible que vous ayez deviné ce que j'ai vu. C'est sans surprise, ici.

Une dernière pensée me traverse la tête au moment d'émerger du coma. Elle reprend la formulation qui m'avait frappé, au sommet de l'immeuble, face à la librairie : On se réveille, on meurt.

La raison en est la suivante. Tout le monde rêve. Tout le monde rêve mais jamais personne n'a réussi à me décrire à quoi ressemblait sa vie rêvée. Pas de telle façon que je comprenne réellement ce qu'il ou elle avait vu ou ressenti. Les rêves, tous les rêves, appartiennent exclusivement à qui les a rêvés, et jamais les rêveurs ne réussissent à les partager. Pas vraiment, en tout cas, pas précisément. Pas *tel que c'était*. Ni nos souvenirs ni les mots à notre disposition ne sont à la hauteur.

Non… c'était comme si je me trouvais dans une forêt sauf que ce n'était pas exactement une forêt, plutôt… Bon, bref. On était là, toi et moi, et tu disais… Non, je te disais que…

On se réveille, on meurt.

La formulation est juste. On se réveille et on perd le fil du récit pour ne plus jamais le retrouver.

Maintenant que le réveil est si proche, la mort devient soudain terrifiante. Je veux la tenir à distance le plus longtemps possible.

Je ne crois pas que ce soit en mon pouvoir, néanmoins. Et, venus du fond de ma tête, un autre chapelet de mots presque aléatoires et assourdissants tentent de franchir en force le seuil de ma conscience alors même que j'ouvre les yeux.

JOUER ENSEMBLE MÊME ENVOL SOUS UNE ICÔNE SOMBRE RETENTISSANTS ÉCHOS VEILLENT ENTRE ILLUMINATIONS LANTERNES LUCIFÉRIENNES ÉTEIGNOIRS ENCENSÉS TOURNER CAP EST NUL ÉVEIL TRANSCENDANT ATTAQUE IMMENSITÉ TROUBLE QU'UN NU ROUÉ ÊTRE VIVANT ENFIN

Richard Powers

La chambre aux échos

Victime d'un accident sur une petite route du Nebraska et sauvé par un inconnu, Mark Schluter sombre dans le coma. Lorsqu'il reprend connaissance, amnésique, sa sœur engage à titre personnel un neurologue. Tandis que son esprit tente de recoller le puzzle de sa mémoire, la mystérieuse note laissée par l'homme lui ayant sauvé la vie va se révéler être porteuse d'une vérité bouleversante, incluant sa sœur et son neurologue de manière inattendue. Un chef d'œuvre récompensé par le National Book Award 2006.

n° 4269 – 9,40 €

DOMAINE ÉTRANGER, DES ROMANS D'AILLEURS ET D'AUJOURD'HUI

Douglas Coupland

Girlfriend dans le coma

Une adolescente américaine extralucide tombe dans le coma à la fin des seventies pour se réveiller dix-sept ans plus tard. Et que découvre t-elle ? Que l'ère est aux portables, au clonage et au velcro ; que l'amour est devenu mortel et que tous ses amis de lycée font partie de cette génération désenchantée qui ne survit que grâce à l'alcool, aux drogues et au travail. A travers cette fable moderne, Douglas Coupland traite avec humour des cultures générationnelles, et ose un roman sensible et grave à la fois.

n°3828 – 9,40 €

DOMAINE ÉTRANGER, DES ROMANS D'AILLEURS ET D'AUJOURD'HUI

Eli Gottlieb

Ainsi soit-il

Il s'appelait Rob Castor. Charismatique, brillant, enfant terrible des lettres new-yorkaises, Rob était de ceux à qui tout semble réussir. Aujourd'hui, son suicide fait la une des journaux, parce qu'il a pris la peine de tuer sa femme avant d'en finir. Au centre de cette histoire vertigineuse se trouve Nick, son ami d'enfance. Sous le choc de sa disparition, Nick va chercher à comprendre son geste et, ce faisant, réévaluer sa propre vie et son passé. Mais, dans le paysage des jours enfuis, d'étonnants secrets le guettent...

13,50 €

Impression réalisée par

CPI
Brodard & Taupin

La Flèche (Sarthe), 54881
N° d'édition : 4211
Dépôt légal : novembre 2009

Imprimé en France